www.tredition.de

AF198088

Barbara Bonhoff, geboren 1956 in Müllheim/Baden, wohnhaft in Freiburg/Breisgau, studierte Bibliothekswesen an der Fachhochschule für Bibliothekswesen in Stuttgart, Europäische Ethnologie, Ethnologie und Urgeschichtliche Archäologie an der Universität Freiburg.

Barbara Bonhoff

Der Front entkommen

Der lange Weg nach Hause

www.tredition.de

© 2019 Barbara Bonhoff

Verlag und Druck: tredition GmbH, Hamburg

ISBN
Paperback: 978-3-7482-3509-5
Hardcover: 978-3-7482-3510-1
e-Book: 978-3-7482-3511-8

Prolog

Mit letzter Kraft kämpfte er sich vorwärts. Er konnte jetzt nicht mehr unterscheiden, ob das, was er wahrnahm, tatsächlich geschah oder ob es sich um Trugbilder handelte. Aus der Ferne meinte er, das Läuten von Kirchenglocken zu hören, was Erinnerungen wach rief, die ihm in Bruchstücken vor Augen traten: Seine Hochzeit vor zwei Jahren und das Glück, das er dabei empfunden hatte, die Taufe seines Patenkindes, beides Gelegenheiten, zu denen er Urlaub von der Front erhalten hatte. Auch als sein Pferd unter ihm tödlich getroffen zusammengebrochen war, hatten jenseits des Gefechtsgebietes Glocken geläutet. So schnell, wie sie gekommen waren, verschwanden diese Szenen wieder. In seinen Ohren pfiff ein unangenehm hoher Ton, der vom Dröhnen von Flugzeugen aus der Ferne überlagert wurde. Am Horizont sah er schwarzen Rauch aufsteigen. Immer häufiger schluckte er Wasser und hatte Mühe, die Augen offen zu halten.

Kapitel 1: **Fluchthilfe**

Gretel war sofort hellwach. Im Zimmer war es stockdunkel. Sie hielt den Atem an und lauschte. Da war es wieder, das Klirren am Fenster, dann ein zweites und ein drittes Mal. Das verabredete Zeichen! Irene hatte Steinchen gegen die Scheibe geworfen. Heute war es endlich wieder soweit! Es war lebensgefährlich, was sie vorhatten. Sollten sie erwischt werden, würde Gretel zum zweiten Mal im Gefängnis landen. Nochmals würde es ihrer Mutter nicht gelingen, sie herauszuholen und vor der Verschickung ins KZ zu bewahren. Wie sie das damals gemacht hatte, wusste sie nicht. Ihre Mutter, eine überzeugte Nationalsozialistin mit guten Kontakten zu Parteigrößen, weigerte sich, darüber zu sprechen, blockte Fragen ab. Sie warf die Steppdecke ans Fußende ihres Bettes, stand auf und huschte zum Fenster, bemüht leise aufzutreten, um keine Geräusche zu verursachen. Sie ließ kurz eine Taschenlampe aufflammen, um Irene zu signalisieren, dass sie sie gehört hatte, zog sich an, nahm ihren Rucksack und tastete sich die Treppe hinunter. Das Knarzen musste im ganzen Haus zu hören sein. Aber niemand rührte sich. Aus der Küche holte sie sich ein paar gekochte Kartoffeln vom Vortag und füllte ihre Wasserflasche auf. Sie kritzelte eine Nachricht auf den Notizblock im Flur: „Gehe nach Kandern und treffe mich mit Anneliese. Sie dort gerade zu Besuch. Bin rechtzeitig zurück, um beim Bedienen zu helfen".

Vermutlich würde dies keiner glauben, aber das spielte im Moment keine Rolle.

Ihre Schritte auf den Pflastersteinen des Kirchplatzes hallten durch die leere Gasse. Am mondlosen Firmament funkelten die Sterne, im Osten waren die Berge des Schwarzwaldes zu erahnen, der Kirchturm ragte als schwarze Silhouette in den Himmel. Schweigend liefen Gretel und Irene nebeneinander her, jede in ihre Gedanken versunken. Gretel musste an ihre Mutter denken, die ihr mit Enterbung gedroht hatte, sollte sie das noch einmal machen. Aber sie konnte nicht anders, auch wenn sie dabei ihr Leben aufs Spiel setzte. Irgendjemand musste diesen Menschen beistehen. Sie war nie ängstlich gewesen. Schon als Kind war sie zum Entsetzen ihres Großvaters auf dessen wildestem Pferd davon galoppiert. Nervenkitzel übten für sie einen besonderen Reiz aus, außerdem erfüllte es sie mit Stolz und Befriedigung, den Nazis eines auszuwischen. Sie wollte den Verfolgten helfen, unschuldigen Menschen, die niemandem etwas zu Leide getan hatten. In den Augen der Machthaber waren sie minderwertig, weil sie keine Arier, sondern Juden oder Zigeuner waren. Oder sie wurden gejagt, weil sie geäußert hatten, dass Hitler sein Volk ins Verderben führte und der Krieg nicht zu gewinnen sei.

Irene, eine Freundin aus Schulzeiten, war überzeugte Christin und Mitglied der bekennenden Kirche und sah es als ihren Auftrag, sich dem mörderischen Regime entgegenzustellen. Auch sie war bereit, alles zu riskieren.

Heute waren sie zum ersten Mal gemeinsam unterwegs. Gretel sollte ihr einen neuen Weg zeigen. Sie wusste, dass sie ihr voll vertrauen konnte, dennoch gestaltete sich der Kontakt in letzter Zeit etwas schwierig. Früher hatten sie Irenes Hektik, ihren Drang, ständig in Bewegung zu sein, ihre schnelle und laute Art zu sprechen, nicht gestört. Während der Kriegsjahre konnte Gretel dies jedoch oft nur schwer ertragen. Irene selbst schien das gar nicht aufzufallen. Sie bemerkte auch jetzt nicht, dass Gretel Mühe hatte, mit ihr Schritt zu halten. Erst auf Gretels leisen Zuruf „Irene, nicht so schnell!", verlangsamte sie ihren Gang.

Als sie Vögisheim verlassen hatten, begann es im Osten langsam hell zu werden. In einiger Entfernung krähte ein Hahn, vereinzelt zwitscherte ein Vogel. Bald stieg die Sonne als großer, roter Feuerball hinter den Bergen auf. Nie zuvor war ihr der Weg zum Steinbruch, dem verabredeten Treffpunkt, so weit vorgekommen, vor allem das letzte Stück schien kein Ende zu nehmen. Der Pfad wurde immer steiler und unwegsamer. Der Regen der letzten Tage hatte den Boden ausgewaschen und tiefe Furchen gegraben. Sie konzentrierte sich so sehr auf ihre Schritte, dass sie den Läufer, der ihnen entgegen kam, erst bemerkte, als er fast an ihnen vorbei gehastet war. Es war Walter aus dem Unterdorf. Er rannte den Berg hinunter, stolperte, fing sich jedoch wieder. Er wirkte völlig verstört, schien nichts wahrzunehmen, registrierte auch den Gruß der beiden Frauen nicht. Er murmelte ununterbrochen etwas vor sich hin. Gretel verstand lediglich: „Nein. Nein. Nicht Agathe."

Gretel war Agathe, einer Freundin, zu der sie nicht mehr viel Kontakt hatte, kürzlich begegnet. Walter war der Cousin von Agathe. Er hatte vor ein paar Wochen nach einer Schussverletzung Genesungsurlaub erhalten, müsste aber eigentlich längst wieder an der Front sein.

Agathe war Witwe, ihr Mann Gottfried war gefallen. Vor etwa vierzehn Tagen war sie ins Gasthaus Ochsen gestürmt. Gretel hatte wenige Minuten zuvor ihren Dienst als Bedienung in dem von ihrer Mutter geführten Lokal angetreten. Agathe wirkte völlig verzweifelt und verwirrt und wollte unbedingt sofort mit Gretel sprechen. Sie redete auf sie ein, sah durch sie hindurch und nahm sie nicht wirklich wahr: „Alles war umsonst, die Opfer, die vielen Toten, alles völlig sinnlos. Jemand – ich kann nicht sagen wer's war – hat mir verraten, dass alles verloren ist, dass wir den Krieg nicht mehr gewinnen können. Nazi-Deutschland wird untergehen. Die Feinde werden sich bitter rächen und Hitler zum Tode verurteilen. Was soll ich denn nur ohne den Führer und ohne Gottfried tun? Ohne sie hat doch alles keinen Wert mehr. Ja, Gottfried hat's gut. Er ist von allem erlöst und hat das ganze Elend hinter sich gelassen."

Gretel versuchte, sie zu beruhigen und zu trösten, aber was sie auch sagte, ihre Worte erreichten sie nicht, sondern prallten an ihr ab.

Das ungute Gefühl, das Gretel beschlichen hatte, als sie Walter begegnet waren, verstärkte sich, als sie den Steinbruch völlig verwaist vorfanden. Sie war sich ganz sicher, dass sie sich genau an diesem Ort und zu diesem Zeitpunkt verabredet hatten. Irgendetwas stimmte nicht. Sie schauten sich um, liefen in den Wald hinein, blieben immer wieder stehen und lauschten, fanden aber niemanden. Gretel hätte nicht sagen können, wieso es ihr derart widerstrebte, auch in dem etwa 150 Meter entfernten Häuschen nachzusehen. Die dunkle Bretterhütte war größer, als sie sie in Erinnerung hatte. Das Ziegeldach musste kürzlich ausgebessert worden sein. Ein paar helle Ziegel hoben sich deutlich von den übrigen ab. Der offene Eingangsbereich, eine Veranda, ausgestattet mit einer Bank und einem Tisch, war sauber und aufgeräumt. Die Fenster waren mit Klappläden verschlossen, die Eingangstür war angelehnt. Gretel stieß sie ein wenig weiter auf und ging hinein. Irene setzte sich auf einen Baumstumpf.

Das Spiel von Licht und Schatten, ausgelöst durch die wenigen Sonnenstrahlen, die durch die Fensterläden drangen, wirkte gespenstisch. Im Halbdunkel herrschte ein Chaos aus umgestoßenen Stühlen, Flaschen, Tassen und Tellern, leeren Dosen, zerrissenen Büchern und Zeitungen und einem Fahrrad, dem das Vorderrad fehlte. Gretels Rucksack streifte einen Blecheimer, der laut scheppernd herunter fiel. Eine Katze schoss an ihr vorbei, streifte ihr Bein und rannte nach draußen. Sie erschrak so sehr, dass sie erstarrt stehen blieb. Sie wäre am liebsten ebenfalls hinausgestürmt, zwang sich aber, bis zum hinteren Raum zu gehen. Es stank nach Schimmel, kaltem Rauch und Urin. Staub kitzelte ihre Nase. Sie rief „Ist hier jemand?", aber niemand antwortete.

Bis auf das Klappern der Fensterläden im Wind und dem Gurren einer Taube war nichts zu hören. Vorsichtig öffnete sie die Tür. Als sie den Pulverdampf roch, spürte sie, dass etwas nicht stimmte. Der Raum wirkte wesentlich ordentlicher, fast wie ein Wohnzimmer. Auf dem Stuhl und der alten Chaiselongue lagen Kinder. Der Kopf des einen lag auf der Lehne, die Hände waren über dem Bauch gekreuzt, die Fußspitzen berührten den Boden. Das Zweite lag auf dem Sofa, ein Arm und ein Fuß hingen hinunter. Sie wirkten, als ob sie schliefen. Sie beugte sich zu ihnen hinab und schrie auf, als sie sie erkannte. Es waren Klara und Annegret, die Töchter von Agathe. Vorsichtig berührte sie die Körper. Sie waren kalt, die Gelenke steif und unbeweglich. Als sie sich wieder aufrichtete, entdeckte sie eine Frau, die auf dem Teppich saß und sich an die Wand lehnte. Der Kopf war nach vorne gefallen und ruhte auf der Brust. Gretel ging in die Hocke, um das Gesicht sehen zu können. Das, was davon übrig geblieben war, genügte, um zu erkennen, dass es Agathe war. Dann fiel ihr Blick auf die Wand hinter der Toten. Sie war blutverschmiert, verklebt mit Hautfetzen, Haaren, Hirnmasse und Knochensplittern. Auf dem Boden lag eine Pistole. Erneut schrie sie laut auf. Knirschend zerbarsten Scherben von Glas und Porzellan unter ihren Füßen in kleinere Teile, als sie aus der Hütte flüchtete. Beinahe hätte sie Irene umgeworfen, die, alarmiert durch Gretels Schreie, auf sie zu rannte.

„Nicht weiter, nicht weiter, geh raus!"

Gretel packte sie am Arm und zog sie mit sich. Vor der Hütte sank sie auf den Boden, zitterte und fror. Sie konnte nicht mehr sprechen, helle Punkte tanzten vor ihrem Gesicht, während ihr langsam schwarz vor Augen wurde. Gedämpft, wie durch Watte, hörte sie Irenes ängstliche Stimme: „Gretel, Gretel, was ist, was ist los?"

Sie war nicht in der Lage, zu antworten. Irene legte den Arm um sie und drückte sie an sich. Gretel wusste nicht, wie lange sie, nur halb bei Bewusstsein, auf dem Boden gesessen hatte. Irgendwann rief Irene: „Da hinten, schau, sie kommen!"

Langsam kam Gretel wieder zu Kräften. Sie musste sich zusammenreißen. Den Menschen in der Hütte konnte sie nicht mehr helfen, aber das Überleben dieser Familie hing von ihr ab. Ohne sie würden sie den Trampelpfad nicht finden. Als sie langsam, sich an Irene festhaltend, aufgestanden war, hatten sie die Hütte erreicht. Wilhelm – sein Deckname, die wahre Identität kannte sie nicht – hielt in der rechten Hand einen Wanderstock mit blauer Schleife als Erkennungszeichen. Seine linke Hand umschloss die eines etwa sieben Jahre alten Mädchens, das einen großen Teddybären an sich drückte. Es hatte schulterlange, blonde Locken. Seine großen graublauen Augen, umrahmt von auffallend langen dunklen Wimpern, blickten Gretel verstört an. Mit seiner Lederhose, den schweren Winterschuhen und der Schirmmütze war es wie ein Junge gekleidet. Die Mutter, Codenamen Olga, stand hinter den beiden. Der lange, etwas enge schwarze Rock und die spitzen Halbschuhe mit den etwa drei Zentimeter hohen Absätzen waren eher für einen Stadtbummel als für einen Marsch durch den Wald geeignet. Unter ihrem grauen Kopftuch zeichnete sich ein Dutt ab. Das Gesicht war hochrot, die schmalen, blassen Lippen zusammengepresst, die Augen hinter einer Sonnenbrille verborgen.

„Entschuldigung",

Wilhelm war so schnell gelaufen, dass er nicht gleich weitersprechen konnte. „Es ging nicht eher. Ich hab' alles versucht."

Er war auffallend klein, Olga war einen Kopf größer. Alles an ihm war grau, sein Mantel, der bis fast auf den Boden reichte, Wollschal, Hut und Sonntagsschuhe. Selbst sein Teint war gräulich, was ihn schwach und kränklich wirken ließ. Seine feste Stimme und seine aufrechte, schulterbetonte Körperhaltung vermittelten jedoch einen anderen Eindruck. Sie ließen auf einen Menschen schließen, der es in einem früheren Leben gewohnt war, Anordnungen zu treffen und Befehle zu erteilen.

„Die Kleine war mir in die Hütte gefolgt. Bevor ich's verhindern konnte, hat sie die Toten gesehen. Sie ist schreiend heraus in den Wald gerannt. Sie rannte und rannte, einfach drauflos. Wir holten sie erst ein, als sie hingefallen war. Sie wollte auf keinen Fall zur Hütte zurückkehren und klammerte sich an einen Baum. Ich musste sie mit Gewalt losreißen."

„Ich weiß, ich hab's gesehen, ich war auch drin. Wir müssen so schnell wie möglich hier weg", erwiderte Gretel.

Etwa 100 Meter vom Steinbruch entfernt stießen sie auf den Pfad, der hinter dem Gebüsch nicht zu sehen war. Sie zwängten sich zwischen den Hecken hindurch und hasteten den Weg entlang. Nicht immer gelang es Gretel, sich vor zurück schnellenden Zweigen zu schützen. Äste zerkratzen ihre Arme und Beine und ruinierten ihre Strümpfe. Wilhelm und Olga waren in ihrem Schuhwerk nicht sehr trittsicher, stolperten über Wurzeln und Steine, an feuchten und glitschigen Stellen gerieten sie ins Rutschen. Olga stürzte, schlug sich das Knie auf, stand auf, lief weiter und achtete nicht darauf, dass es blutete. Das Mädchen rannte in seinen schweren Schuhe behände und leichtfüßig, ohne zu quengeln oder zu klagen, als wollte es so schnell wie möglich dem grauenvollen Bild in der Hütte entfliehen.

Sie erreichten einen breiten Forstweg, eine der Stellen, an der die Gefahr groß war, gesehen zu werden. In der Nähe befand sich eine Quelle mit einem Brunnen, aus der angeblich besonders mineralreiches Wasser sprudelte. Immer wieder kamen Bewohner der umliegenden Ortschaften und füllten Wasser ab. Als sie aus den Bäumen heraustraten, war niemand zu sehen oder zu hören. Sie folgten dem breiten Weg ein paar Meter, bis sie an den Punkt kamen, an dem der Pfad weiterging. Auch dieser lag hinter Bewuchs verborgen und war nur wenigen bekannt. Sie hatten den Eingang gerade erreicht, als Gretel in der Ferne ein Brummen hörte. „Schnell, beeilt Euch! Es kommt ein Auto!", rief sie den Nachfolgenden zu. In dem Moment, als Irene, das Schlusslicht der kleinen Gruppe, hinter den Sträuchern verschwunden war, hörte Gretel, dass ein Wagen an ihnen vorbeischoss. Steinchen spritzten zur Seite und trafen ihre Beine.

Der Weg war nun weniger abschüssig, sodass Wilhelm und Olga das Gehen leichter fiel. Er war jedoch teilweise so überwuchert, dass Gretel Mühe hatte, dem Verlauf zu folgen. Obwohl die Temperaturen angenehm waren, schwitzte sie so sehr, dass ihr der Schweiß in den Augen brannte. Auch war ein Stein in ihren Schuh eingedrungen und rieb an ihrem kleinen Zeh.

Sie machten nur zweimal kurz Rast, damit sich das Mädchen ausruhen, etwas essen und trinken konnte. Gretel nutzte die erste Pause, um das Steinchen aus ihrem Schuh zu entfernen. Sie verspürte weder Hunger noch Durst und nahm auch ihre Erschöpfung kaum wahr, zu groß war die Angst, nicht rechtzeitig am Treffpunkt, einem alten Holzkreuz, anzukommen. Die Fluchthelfer, die sie und Irene ablösen und die Familie in die Schweiz bringen sollten, würden nicht lange warten. Gretel kannte keine Einzelheiten, sie wusste lediglich, dass der Zeitplan unbedingt eingehalten werden musste. Das Kreuz befand sich etwas abseits des Weges. Kurz bevor sie es erreichten, rannte ihnen eine junge Frau entgegen. „Endlich! Ihr seid viel zu spät dran. Länger hätte ich nicht mehr gewartet."

Gretel hatte jemand ganz anderen erwartet. Dieser Schweizerin war sie noch nie begegnet. Als sie direkt vor ihr stand, sah sie, dass sie höchstens 18 Jahre alt sein konnte. Mit ihren langen, dunkelblonden Zöpfen sah sie wie eine Pennälerin aus. Es fehlte lediglich der braune, lederne Schulranzen. Stattdessen trug sie einen Rucksack aus grünem Stoff, auf den seitlich eine Schweizer Flagge eingestickt war. Sie wirkte sehr nervös und unsicher. Als sie Gretels Überraschung bemerkte, erklärte sie: „Urs konnte nicht kommen, deshalb hat er mich geschickt". Noch bevor Gretel etwas erwidern konnte, fuhr sie fort: „Wir müssen sofort weiter". Sie nahm das Kind an der Hand und eilte zum Pfad hinunter. Wilhelm und Olga hasteten hinterher.

Die Übergabe verlief so schnell, dass Gretel und Irene sich nicht von der Familie verabschieden konnten. Wilhelm drehte sich nach wenigen Metern um und rief: „Vielen, vielen Dank!"

Gretel konnte gerade noch antworten: „Gern geschehen, alles Gute!", dann war die Gruppe hinter einer Kurve verschwunden.

Diesmal verspürte sie keine Erleichterung, ihre Schützlinge wohlbehalten übergeben zu haben. Sie hoffte, dass der Backfisch mit seiner Aufgabe nicht überfordert war und in brenzligen Situationen nicht die Nerven verlieren würde. Noch war die Familie nicht in Sicherheit, hatte die Grenze nicht überschritten und konnte in letzter Minute aufgegriffen werden. Wussten Wilhelm und Olga, dass die Kleine ihre Rettung sein würde, sollten sie in der Schweiz gefasst werden, bevor sie ihr Ziel, einen Bauernhof in den Alpen, erreicht hatten? Gretel hatte es nicht glauben können. Lediglich Personen, die ein Kind dabei hatten, durften in der Schweiz bleiben und kamen in ein Lager. Die anderen wurden zurückgeschickt, oft in den sicheren Tod.

Sie dachte auch an die Toten in der Hütte. Die Bilder, die sie zuvor verdrängt hatte, kamen, ohne dass sie etwas dagegen tun konnte, wieder in ihr Bewusstsein. Wie verzweifelt, aber auch verblendet musste Agathe gewesen sein? Die Kleinen hätten ihr Leben noch vor sich gehabt.

Die ersten Gäste hatten gerade Platz genommen, als Gretel den Gasthof betrat. Ihre Mutter sprach sie nicht auf die Notiz an. Ihr Blick verriet aber, dass sie ahnte, was Gretel getan hatte. Diese hatte gehofft, sich in die Arbeit stürzen und die schrecklichen Szenen vergessen zu können. An diesem Abend gab es aber kaum ein anderes Gesprächsthema als Agathe, die sich umgebracht und ihre beiden Töchter mit in den Tod genommen hatte. Gretel vermied es, soweit es ihr möglich war, sich an der Unterhaltung zu beteiligen.

Als sie kurz nach Mitternacht zu Bett ging, fand sie lange Zeit keinen Schlaf. Sie fragte sich, ob sie Agathe nicht hätte helfen können und wie es Karl, ihrem Mann, ging, der an der Ostfront kämpfte.

Ihre erste Begegnung stand ihr deutlich vor Augen. Sie hatte den jungen Mann nie zuvor im Gasthaus Ochsen gesehen. Er war sehr schlank, etwas größer als sie, das runde Gesicht von einem dunklen Lockenkopf umrahmt. Zusammen mit zwei Kameraden setzte er sich an den Tisch neben der Eingangstür. Als sie an ihm vorbei ging, drehte er den Kopf in ihre Richtung und sagte zu seinen Kumpels: „Die werde ich heiraten!"

„Was fällt ihnen ein?", fuhr sie ihn wütend an. Ohne ihm die Chance zu geben, darauf zu reagieren, drehte sie ihm den Rücken zu und ging zur Theke.

Aber er sollte Recht behalten. Etwa zwei Jahre später, im Frühjahr 1941 kurz vor Karls 25. Geburtstag, traten sie vor den Traualtar.

1939 war Karl von seiner Tätigkeit als technischer Kaufmann in Stuttgart abberufen und nach Feldberg, ein Dorf in Südbaden wenige Kilometer von Gretels Zuhause entfernt, geschickt worden, um seinen Reichsarbeitsdienst abzuleisten. Er stürzte bei Waldarbeiten und brach sich den Fuß. Man quartierte ihn in der Nähe des Gasthofs ein. Auf Bitten seines Vorgesetzten brachte sie ihm das Mittagessen. Jedes Mal strahlte er sie mit großen braunen Augen an. Seinem Charme, seiner Herzlichkeit und Dankbarkeit konnte sie nicht widerstehen. Es dauerte nicht lange, und sie hatte sich bis über beide Ohren in ihn verliebt.

Jetzt wusste sie nicht einmal, ob er noch am Leben war. War er verwundet und lag irgendwo im Lazarett? Litt er unter Hunger und Schmerzen? Ihre Gedanken drehten sich im Kreis. Erst der Gesang einer Nachtigall durchbrach ihr Grübeln, ließ sie zur Ruhe kommen und ins Reich der Träume hinübergleiten.

Kapitel 2: **An der Front**

„Halt, stehen bleiben!", brüllte der Ober-leutnant.

Der Soldat schien die Rufe nicht wahrzu-nehmen. Er rannte aus dem Lager hinaus, ohne auf seine Umgebung oder den Unter-grund zu achten. Im Laufen riss er sich die Uniformjacke vom Leib, schmiss die Waffe auf den Boden, zog sich den Helm vom Kopf und schleuderte ihn von sich. „Der Krieg ist verlo-ren! Der Führer verheizt uns! Alles Lügen!", stieß er hervor. Er stürzte, grub seine Hände in den Boden und gab unverständliche Laute von sich. Hauptwachtmeister Karl hätte nicht sagen können, ob er weinte oder lachte. Ka-meraden rannten auf ihn zu, halfen ihm auf und brachten ihn ins Lager zurück. Erneut schrie der Oberleutnant: „Wehrkraftzerset-zung! Die Strafe wird sofort vollstreckt! Müller erschießen Sie ihn!"

„Und Sie", er wandte sich an die Umste-henden, „bleiben hier und schauen sich an, was mit Drückebergern und Defätisten pas-siert!"

Karl stellte sich zu seinen Kameraden. Er war innerlich hin- und hergerissen. Sollte er versuchen, vorsichtig den Blick abzuwenden, ohne den Kopf zu drehen oder die Hinrichtung verfolgen? Er schaffte es nicht, wegzusehen. Irgendetwas zwang ihn dazu, zuzuschauen. Der Befehlshaber zog ein Taschentuch aus seiner Hosentasche, schüttelte es kurz, um es auseinander zu falten, ging auf Eberhard Müller zu und streckte es ihm entgegen. „Binden Sie ihm damit die Augen zu und führen Sie ihn dort an die Wand!"

Karl fragte sich, ob Hermann begriff, was mit ihm geschehen sollte. Er hatte sich ohne Gegenwehr zurückbringen lassen und war ganz ruhig geworden. Er rührte sich nicht, als Eberhard ihm das blütenweiße Tuch umband. Der Kontrast zu seinem mit Erde verschmierten Gesicht und der verdreckten Uniform hätte nicht größer sein können. Widerstandslos ließ er sich zur Wand führen. Plötzlich schien ihm seine Lage bewusst zu werden. „Nein, nein, nein, ich will nicht sterben!", stieß er hervor. In dem Moment, als Eberhard den Schuss auf ihn abfeuerte, wich er zur Seite. Die Kugel drang in seine Schulter. Er fiel auf die Knie, stützte sich mit den Händen ab, rappelte sich auf und schleppte sich zwei Meter weiter. Eberhard zögerte, erneut zu schießen. Karl meinte, zu sehen, dass seine Hand zittere, dann richtete er erneut die Waffe auf ihn. In diesem Augenblick rief ein Kamerad, an dessen Namen sich Karl nicht erinnerte: „Ja was denn, du willst nicht sterben?", ging auf Hermann zu, zog seine Pistole und feuerte auf dessen Kopf. Der Getroffene sank zu Boden, ohne einen Ton von sich zu geben.

Karl spürte, dass ihn jemand anschaute. Er wandte sich um und blickte in Wilhelms Augen. Sie mussten es nicht aussprechen. Sie wussten, was sie tun würden. Karl war so wütend, dass er sich nur mit größter Mühe beherrschen konnte. Er hätte seinem Vorgesetzten am liebsten seinen ganzen Zorn über diese Ungerechtigkeit an den Kopf geknallt, mit Fäusten auf ihn eingeprügelt, ihn zu Boden geworfen und mit seinen Füßen traktiert. Er biss die Zähne so stark zusammen, dass sein Kiefer schmerzte. Gleichzeitig verspürte er eine tiefe Traurigkeit, dass Hermann auf diese Weise sein Leben verloren hatte und er ihm nicht hatte helfen konnte. Ausgerechnet Hermann, der oft für andere eingetreten war. Einmal hatte er sogar sein Leben riskiert, um einen schwer verwundeten Soldaten aus der Schusslinie zu holen. Er war nicht der erste, der durchgedreht war. Erst kürzlich hatte sich ein Kamerad immer wieder mit einem Stein auf den Kopf geschlagen und sich dann in den Mund geschossen. Ein anderer hatte Weinkrämpfe erlitten und nach seiner Mutter gerufen. Selbst Generäle blieben davon nicht verschont. Vor wenigen Tagen wurde einer von ihnen mit dem Flugzeug nach Deutschland zurückgebracht.

Hermann hatte Recht. Der Krieg war verloren. Täglich startete die Rote Armee Flugzeugangriffe, die sie nicht abwehren konnten. Die Übermacht der Russen wurde immer größer. Die Sowjets kämpften verbissen, hatten schwere Waffen, die den Deutschen fehlten. Nicht nur hier an diesem Frontabschnitt in Ostpreußen in der Nähe von Königsberg, überall mangelte es inzwischen an allem, an Munition, Brennstoff, Verpflegung. Karl hatte schon seit einiger Zeit daran gezweifelt, dass der Krieg noch zu gewinnen war. Er hatte sich gefragt, ob die Wunderwaffe tatsächlich im Bau war und ob sie noch rechtzeitig zum Einsatz käme. Er hatte diese Bedenken immer wieder verdrängt. Schon ein paar Mal war ihm der Gedanke gekommen, abzuhauen. Aber seine Überzeugung, seinen Dienst dem Vaterland gegenüber erfüllen zu müssen und seine Kameraden nicht im Stich lassen zu können, hatte ihn zurückgehalten. Auch war er nicht mutig genug gewesen. Wilhelm ging es ähnlich. In dem Moment, als das Urteil über den verwirrten und verzweifelten Kameraden vollstreckt worden war und sich ihre Blicke getroffen hatten, wusste er, dass sie sich entschieden hatten. Das Risiko, als Fahnenflüchtiger gefasst und hingerichtet zu werden, war sehr hoch. Aber alles war besser, als sich in einem sinnlos gewordenen Krieg verheizen zu lassen, in einem Kampf, in dem Vorgesetzten jegliches Mitgefühl und Verständnis verloren gegangen waren. Auch wollte er keinesfalls den Russen in die Hände fallen, sofort liquidiert oder nach Sibirien verschleppt werden.

Langsam entfernte sich Karl vom Ort des Geschehens. Er ging an Wilhelm vorbei und raunte ihm zu: „Heute nach Einbruch der Dunkelheit an der großen Linde."

Auf dem Weg zu seinem Schlafplatz fiel ihm der Bericht von Egon, dem Telefonisten, wieder ein. Dieser hatte ihm, als er etwas zu viel getrunken hatte, unter dem Siegel größter Verschwiegenheit Dinge anvertraut, die Karl damals für Hirngespinste gehalten hatte. Inzwischen konnte er es sich aber durchaus vorstellen, dass ein Fünkchen Wahrheit darin steckte. Zu den Aufgaben des Telefonisten gehörte es, Verbindungen zum Führerhauptquartier herzustellen. Egon hatte mithören können, was sich dort abgespielt hatte. Der Führer wurde völlig cholerisch, wenn seine Generäle nicht seiner Meinung waren. Er bekam dann richtiggehende Wutanfälle, in denen er Gegenstände kaputt schlug. Einmal hatte er das Telefon zertrümmert. Seine Leibgarde griff dann ein und warf den tobenden, größten Feldherrn aller Zeiten zu Boden.

In seiner Unterkunft angekommen, legte sich Karl auf seine Pritsche. Bald stand er wieder auf, schlenderte langsam zum Bretterverschlag, in dem die Feldküche untergebracht war, holte sich dort etwas zu essen. Nachdem er das Brot verzehrt hatte, ging ein wenig umher, besorgte sich dann etwas zu trinken, ging er in seine Unterkunft zurück und legte sich erneut hin. Die Stunden vergingen quälend langsam, und nie zuvor war ihm die Zeit der Dämmerung so lange vorgekommen. Endlich war es so weit. Auch das letzte Tageslicht war verschwunden. Er versuchte den Eindruck zu erwecken, sich die Beine vertreten zu wollen. Aus dem Augenwinkel beobachtete er den Wachposten, der lange Zeit unbeweglich stehen blieb. In dem Moment, als er Karl den Rücken zuwandte und sich auf den Weg Richtung Küche machte, huschte Karl aus dem Lager und eilte zur Linde. Wilhelm wartete schon ungeduldig auf ihn. Sie besprachen kurz ihre Route und machten sich auf den Weg. Sie liefen fast die ganze Nacht, um sich so weit wie möglich von ihrer Truppe zu entfernen. Sie sprachen kaum, aus Angst, von russischen Spähern oder Partisanen entdeckt zu werden. Diese hätten sie sofort mit einem Schuss in den Kopf niedergestreckt. Wiederholt kämpfte Karl gegen einen Hustenreiz an. Schon ein Räuspern oder Niesen hätte sie verraten können. Erst gegen Morgen, als die Müdigkeit zu stark wurde, legten sie sich in eine Senke. Sie hielten abwechselnd Wache. Als Wilhelm an der Reihe war, wurde er vom Schlaf übermannt. Wenig später wurden sie aus ihrem Schlummer gerissen. Es war bereits heller Tag. Zuerst hörten sie sie nur, dann donnerten sie über sie hinweg. Sturzkampfflugzeuge! Karl schoss in die Höhe. Nur mit Mühe gelang es ihm, keine Panik aufkommen zu lassen. Es tauchten immer mehr Flugzeuge auf, ganze Formationen bedeckten den Himmel. Vorsichtig streckte er den Kopf aus der Mulde und sah sich um. Was er erblickte, ließ sein Herz rasen, die Atmung beschleunigte sich, seine Knie zitterten. Sie mussten irgendwie in die falsche Richtung gelaufen sein und waren jetzt eingekesselt. Sie saßen in der Falle. Umzukehren kam nicht in Frage. Vor sich in etwa 800 Metern Entfernung erblickte er eine ganze Reihe von Panzern. Ihre Rohre schienen direkt auf ihn gerichtet zu sein. Es gab nur einen Weg. Sie mussten sich durch die Frontlinie schlagen.

Links von ihnen war das Feld noch frei. „Los, hier lang", rief er Wilhelm zu. Noch waren sie in der Senke für die Bodentruppen nicht zu sehen. Die nächsten Meter rannten sie im Schutz von Bäumen und Sträuchern, bis sie auf freies Feld stießen. Plötzlich bebte die Erde, mehrere Detonationen ließen den Boden erzittern. Der Lärm war unbeschreiblich, das Dröhnen der Flugzeuge, Heulen der

Sturzsirenen, Rasseln der Panzerketten, Gewehrsalven, Schmerzensschreie verwundeter Soldaten. Karl rannte um sein Leben. Er musste irgendwie an den Panzern vorbeikommen. Wilhelm hatte er völlig aus den Augen verloren. Überall schlugen jetzt Bomben, Kanonenkugeln und Granaten ein, schossen Stichflammen und Feuersäulen in die Höhe, wurden Erdfontänen empor geschleudert, hagelte es Ackerkrumen und Steine. Die Luft war von beißendem schwarzem und weißem Rauch erfüllt. Seine Augen tränten. Er bekam fast keine Luft mehr. Jeder Atemzug brannte im Hals und in den Lungen. Er hielt sich ein Taschentuch vor Nase und Mund, was aber kaum Abhilfe brachte. Der Qualm nahm ihm jegliche Sicht. Blind bewegte er sich vorwärts. Der Boden bebte immer stärker, schwankte wie bei einem Erdbeben. Er konnte sich nicht mehr auf den Beinen halten, stürzte, schlug sich das Knie auf. Für wenige Sekunden blieb er liegen, sehnte sich danach, getroffen zu werden. Dann hätte all das Leid, der ganze Kampf ein Ende, und er käme endlich zur Ruhe. Aber der Lebenswille war stärker. Er schickte Stoßgebete zum Himmel, erhob sich, warf alles von sich, was er nicht unbedingt brauchte. Noch immer konnte er nichts sehen, versuchte, so flach wie möglich zu atmen. Der brennende Schmerz in Augen, Hals und Lungen wurde ständig heftiger. Eine Granate landete direkt vor ihm, glücklicherweise ein Blindgänger, der nicht explodierte. Er stolperte über einen Körper, stürzte erneut, lief auf allen Vieren, kroch auf dem Bauch vorwärts. In welche Richtung er auch schaute, jedes Mal, wenn sich die Wolken aus Qualm und Rauch ein klein wenig lichteten, blickte er in ein Panzerrohr. Instinktiv eilte er weiter. Der Boden war von schwerem Gerät umgepflügt, von Bombenkratern übersät und kam nicht zur Ruhe.

Als die Sicht klarer wurde, geriet er unter MG-Feuer. Die Kugeln pfiffen ihm um die Ohren, kamen von allen Seiten. Die Russen jagten ihn wie einen Hasen. Ein Geschoss prallte an seinem Teller ab, der an seinem Rucksack hin. Ein anderes traf einen zerschossenen Baumstamm. Ein Splitter streifte seine Wange und riss sie auf. Er nahm den Schmerz nicht wahr, wunderte sich jedoch, dass er durch diesen Geschosshagel, durch Reihen von Panzern, vorbei an Geysiren aus Erdbrocken und Steinen lief und nicht getroffen wurde. Dann gab es Augenblicke, in denen ihm alles gleichgültig war und er wie ein Tier, nur vom Drang zu überleben, vorwärts getrieben wurde.

Karl wusste nicht, wie lange er gelaufen war, als er endlich den Gewehrsalven und Panzern entkommen war. Überall sah er Spuren von Verwüstung: kaputte, teilweise noch brennende oder qualmende Panzer, ein abgestürztes Flugzeug, liegen gebliebene Autos, umgestürzte Masten, Telefonleitungen und Wegweiser, tote und verwundete Pferde und Soldaten inmitten von Blutlachen mit grauen Gesichtern, weit aufgerissenen Augen, fehlenden Gliedmaßen. Es war ihm ein Rätsel, wie er dieser Hölle entronnen war. Seine Beine spürte er kaum noch. Immer öfter sackte er vor Erschöpfung zu Boden, blieb wenige Minuten kraftlos im Dreck liegen, mobilisierte seine letzten Kraftreserven und raffte sich wieder auf. Er kam an einem verlassenen Bauernhof vorbei. Neben der Stalltür stand ein Eimer mit saurer Milch. Er trank sie so gierig, dass er sich verschluckte. Im Haus fand er ein paar Lebensmittel und nahm sie mit. Der Stall war leer. Die Kühe standen oder lagen auf der Wiese, zwei Leiber waren von Granaten zerfetzt worden. Die Überlebenden mit prallen, seit langem nicht mehr gemolkenen Eutern, brüllten vor Schmerzen. Karl schleppte sich weiter. Er zuckte zusammen, als er bemerkte, dass sich ihm jemand von weitem näherte. Seine innere Anspannung nahm zu. Nur mit Mühe gelang es ihm, nicht in Panik zu geraten. Nervös blickte er von rechts nach links. Nirgendwo gab es eine Möglichkeit, sich zu verstecken. Vermutlich war es dazu auch zu spät. Der Fremde hatte ihn sicher längst entdeckt. Dieser schien immer schneller auf ihn zuzukommen. Hatte er richtig gehört? Hatte er seinen Namen gerufen? Erneut vernahm er es, diesmal viel deutlicher: „Karl, Karl!".

Jetzt erkannte er die Stimme. Es war Wilhelm! Karl spürte, wie seine Augen feucht wurden. Der Anblick seines Kameraden gab ihm etwas Kraft. Es gelang ihm, seine Schritte ein wenig zu beschleunigen. Sie fielen sich in die Arme und hielten sich für einen Moment umschlungen. Die beiden fanden Unterschlupf in einem leeren Stall. Sie hatten keine Kraft mehr, weiter zu laufen. Als Karl sich hingesetzt und auch innerlich ein wenig zur Ruhe gekommen war, spürte er die volle Wucht der Schmerzen. In seinem Kopf hämmerte es, die rechte Wade verkrampfte sich, seine Füße brannten. Er schaffte es kaum, seine Stiefel auszuziehen. Seine blutgetränkten Socken klebten an der Haut.

Kapitel 3: **Angst**

Ruckartig richtete sich Karl auf. Irgendetwas hatte ihn aus dem Schlaf gerissen. Im ersten Moment wusste er nicht, wo er sich befand. Um ihn herum war es stockdunkel. Sein Puls raste, der Schweiß lief ihm an Brust und Rücken hinunter, seine Hände waren feucht. Dann hörte er das Brummen von Flugzeugen und Grollen von Geschützen. Erneut bewegte sich der Boden und schwankte wie bei einem Erdbeben. Die Scheiben des kleinen Fensters klirrten. Seine Zehenspitzen spürten das Wackeln der Wand. Auch die Tür bewegte sich, und ihre Angeln quietschten. Etwas rieselte ihm auf den Kopf. Als er sich durch die Haare fuhr, merkte er, dass es Kalk war, der von der Mauer fiel. Detonation folgte auf Detonation. Wieder einmal griff die Rote Armee mitten in der Nacht an. Wahrscheinlich waren die Deutschen auch dieses Mal zu schwach, um die Bomber und Geschosse abzuwehren. Vor seinem inneren Auge sah er sie vor sich, die Scheinwerfer der Wehrmacht, die den Himmel nach feindlichen Fliegern absuchten, die Leuchtfallschirme, die die Nacht in helles, fast magisches Licht tauchten, die Leuchtkugeln, mit denen die Russen die Stellung des Feindes auskundschafteten, die riesigen Flammen, die nach jedem Schuss aus der FLAK empor schlugen, die Mündungsfeuer der gegnerischen Maschinengewehre. Es war nicht schwer, die MGs der Russen und der Deutschen auseinander zu halten. Das Rattern der feindlichen Gewehre klang dumpf und grob, der Ton der eigenen war wesentlich höher, die Schussfolge schneller. Er war sich nicht sicher, ob er das dumpfe Dröhnen der einschlagenden Granaten, das Zischen der fallenden Bomben und das Rattern der Gewehre tatsächlich hörte. Möglicherweise war die Front zu weit entfernt und seine Erinnerung so stark, dass er Vergangenes und Gegenwärtiges nicht zu trennen vermochte. Der Spuk schien Stunden zu dauern, bis er endlich ein Ende nahm. Wilhelm schien von alldem nichts mitbekommen zu haben. Karl vernahm seine gleichmäßigen Atemzüge. Er selbst brauchte lange, bis er in einen unruhigen Schlaf fiel.

Früh am Morgen rafften sie ihre Habseligkeiten zusammen und verließen den Stall. Obwohl die Sonne noch nicht aufgegangen war, war es fast taghell. Nur wenige Wolken bedeckten den Himmel. Sie schauten sich um. Das Anwesen wirkte verlassen. Nicht einmal ein Tier war zu sehen. Langsam gingen sie auf die Rückseite des Wohnhauses zu und liefen vorsichtig die Wände entlang. Bis auf das Knirschen des Kieses unter ihren Schritten und dem Schimpfen der Spatzen war kein

Laut zu hören. Als sie um die Ecke bogen und der Eingangsbereich in Sicht kam, sahen sie die Spuren der Zerstörung. Auch dieser Hof war der Rache der Russen zum Opfer gefallen. Die Türen waren gewaltsam aufgebrochen und zertrümmert, die Fensterläden herausgerissen und die Scheiben eingeschlagen worden. Sie bahnten sich einen Weg ins Innere des Hauses in der vagen Hoffnung, dort etwas Essbares zu finden. Schränke, Tische, Stühle und Regale waren umgeworfen, Matratzen, Kissen und Sofas aufgeschlitzt. Auf das Familienfoto war geschossen worden. Der Schütze hatte speziell auf die Augen gezielt. Der Inhalt von Schubladen erstreckte auf Teppichen und Parkettboden: Handtücher, Buchhälften, Scherben von Glas und Porzellan, Überreste von vertrockneten Pflanzen mit Ballen von Blumenerde. Mühsam arbeiteten sie sich zur Küche vor. Der Gestank, der ihnen entgegenschlug, wurde immer unerträglicher. Töpfe und Pfannen, Besteckteile und zertrümmertes Geschirr bedeckten die Fliesen. Ein kleiner Schrank war stehengeblieben. Im zweituntersten Fach erblickte Karl eine tote Katze. Das Messer, mit dem sie umgebracht worden war, stecke noch zwischen ihren Knochen. Wie Karl von Kameraden gehört hatte, hatten russische Soldaten, angefacht von unbändiger Zerstörungswut, in manchen Höfen Schweine vom Stall ins Wohnhaus getrieben und dort abgeschlachtet.

Wenigstens dieser Anblick blieb ihnen erspart. Der große Stall und die Scheune neben dem Haus waren leer und weitgehend unzerstört. Vermutlich hatte die Rote Armee die Tiere mitgenommen. Vergraben unter einem Rest von Stroh fanden sie ein paar vertrocknete Äpfel. Hungrig schlangen sie sie hinunter. Ihren Durst stillten sie mit eiskaltem Wasser aus einem kleinen Brunnen. Dann machten sie sich auf den Weg.

Karls Füße schmerzten. Bei jedem Schritt rieb das Leder an den wunden Stellen. Seine Beine waren schwer, wie mit Blei gefüllt. Wilhelm drückte immer wieder mit seiner linken Hand gegen seine Stirn und stöhnte leicht auf. Vermutlich wurde er wieder von Kopfschmerzen geplagt. Dennoch versuchten sie, so schnell wie möglich voranzukommen. Die Angst, entdeckt zu werden, trieb sie vorwärts und war stärker als Müdigkeit, Erschöpfung und Schmerzen. Sie mieden die großen Straßen und machten immer wieder Umwege, um russischen oder deutschen Soldaten nicht in die Arme zu laufen. Ein paar Mal mussten sie lange in ihren Verstecken ausharren, bis sie endlich weiterziehen konnten. Sie kamen an Orten vorbei, die vom Krieg verschont geblieben waren, hatten aber keinen Blick für die Natur, die langsam aus der Winterstarre erwachte, für die zarten Schneeglöckchen und anderen Frühlingsblumen. Das Zwitschern der

Vögel nahmen sie kaum wahr. Sie stießen aber auch auf umgekippte, teilweise ausgebrannte Fuhrwerke und Autos, auf Überreste von Menschen und Pferden, zurückgelassenen Hausrat, Taschen und Koffer. In den Bäumen hingen Bettlaken, Handtücher und andere Wäschestücke. Ein Flüchtlingstreck war von russischen Flugzeugen beschossen worden, und nicht alle hatten sich retten können. Die nicht vollständig ausgebrannten Fahrzeuge mussten erst kürzlich durchwühlt worden sein. Karl sah ein Durcheinander von Kleidung, Decken, Fotos, Briefen, Büchern. Besonders der Anblick eines großen Steiff Teddybären und einer Puppe berührten ihn schmerzhaft. Sie hasteten weiter, hielten sich Taschentücher vor die Nase, um dem Gestank der verwesenden Leichname nicht völlig ungeschützt ausgesetzt zu sein. Wenn sie das Herannahen von Flugzeugen hörten, warfen sie sich sofort auf den Boden. Bisher hatten sie Glück gehabt. Die russischen Tiefflieger waren nie über ihre Köpfe hinweg gedonnert, sondern hatten jedes Mal eine andere Richtung eingeschlagen. Sie standen dann rasch auf und eilten weiter. Einmal stießen sie auf unzählige Kadaver von verendeten Rindern. Viele Bauern hatten vor ihrer Flucht die Ställe geöffnet. Ganze Herden waren über die schneebedeckten Felder gezogen und erfroren oder verhungert, weil sie keine Nahrung fanden. Auch hier war der Gestand unerträglich.

Nach ein paar Metern wäre Karl fast über einen Kinderwagen gestolpert, der einsam am Rand des kleinen Weges stand. Er wünschte, er wäre weitergegangen, ohne einen Blick hineinzuwerfen. Der Säugling war kaum noch als solcher zu erkennen, das Gesicht war aufgequollen. Wo die Augen gewesen waren, sah er nur noch zwei schwarze Löcher, als ob Raben ihm die Augen ausgehackt hätten. Während des ganzen Krieges hatte er nichts derart Schreckliches gesehen. Ihm wurde übel, Wilhelm musste ihn stützen, damit er nicht zusammenbrach. Karl hatte gehört, dass Säuglinge auf der Flucht, als die Temperaturen weit unter Null gelegen hatten, erfroren und von ihren Müttern im Kinderwagen zurückgelassen worden waren. Sie hatten nicht einmal die Möglichkeit gehabt, sie zu beerdigen. Die Erde war tief gefroren, auch war die Angst vor der Roten Armee viel zu groß, als dass sie sich die Zeit für ein Begräbnis hätten nehmen können.

Gegen Abend kamen sie an einem verlassenen Bauernhof vorbei, der nicht zerstört worden war, und entschlossen sich, dort die Nacht zu verbringen. Das Haus wirkte, als ob seine Bewohner in den Urlaub gefahren seien und damit rechneten, zurückzukehren. Das Sofa, die Sessel, der Schaukelstuhl und ein Großteil der Möbel waren zum Schutz vor

Staub mit Bettlaken bedeckt. Es war wohl vergessen worden, den Deckel der Tasten des Flügels zuzuklappen. Im Notenständer erblickte Karl die Noten zu Mozarts Kleiner Nachtmusik. Die Kerzen des Kronleuchters waren kaum herunter gebrannt. Das Spinnrad in der einen und das Schaukelpferd in der anderen Ecke schienen auf die Rückkehr ihrer Besitzer zu warten. Im Flur hing ein großer Garderobenspiegel. Im ersten Moment meinte Karl, einen Fremden darin zu erblicken. Er erschrak, als im bewusst wurde, dass er sein eigenes Spiegelbild sah. Das sollte er sein? Er erkannte nur noch wenig Ähnlichkeit mit seinem ursprünglich runden, jungen Gesicht. Seit seinem letzten Heimaturlaub waren seine Wangen noch mehr eingefallen, was seinen Mund ungewöhnlich groß erscheinen ließ. Seine Lippen waren nur noch ein dünner Strich. Die Augen, die ihn freudlos und dumpf anblickten, waren von dunklen Ringen umgeben. Was war nur aus ihm geworden? Er hatte nicht damit gerechnet, dass ihn die Entbehrungen und Strapazen der letzten Wochen so sehr gezeichnet hatten. Er hatte sich länger nicht rasiert, die Haare waren zu lang und ungepflegt, seine Kleidung verdreckt und teilweise zerrissen, und er hatte viel an Gewicht verloren. So dünn war er zuletzt als Jugendlicher gewesen. Schnell ging er weiter. Wilhelm hatte Vorräte entdeckt, die die Bewohner zurückgelassen hatten: Gläser mit

Marmelade, Gurken, Mirabellen und anderem Obst, einen Sack Kartoffeln und etwas versteckt sogar einen Schinken, der vermutlich vergessen worden war. Sie genossen das üppige Abendessen und legten sich dann in das edle Ehebett aus verziertem Eichenholz. Das Frühstück am nächsten Morgen verlief hektisch, da sie keine Zeit verlieren wollten. Soweit es möglich war, verstauten sie die restlichen Vorräte und nahmen sie mit.

Kapitel 4: **Wolfskinder**

An diesem Tag kamen sie gut voran. Sie mussten nur wenige Umwege machen und sich nur einmal vor russischen Soldaten verstecken. Auch Zivilisten waren kaum zu sehen. Der Großteil der Bevölkerung war geflohen. Immer wieder kamen sie an verlassenen Gutshöfen und Bauernhäusern vorbei. Beim Anblick der großen Ackerflächen kam Karl das Lied „Im Märzen der Bauer die Rösslein einspannt" in den Sinn. Jetzt im April hatte sich jedoch hier noch nichts getan. Die Felder lagen brach. Im Sommer würde es hier kein Getreide geben. Nichts würde mehr daran erinnern, dass dieser Landstrich Ostpreußens die Kornkammer des Deutschen Reiches gewesen war.

Karl wusste, dass die Ruhe trügerisch war, jederzeit konnten Tiefflieger der russischen Armee über ihren Köpfen auftauchen und sie unter Beschuss nehmen. Ihre Sinne waren angespannt, ständig auf der Hut vor drohenden Gefahren. Ihr Leben hing davon ab, diese rechtzeitig zu erkennen und als erster die Waffe zu ergreifen. Als sie in einen Wald kamen, fühlten sie sich etwas sicherer, da sie dort von Flugzeugen aus schwerer zu erkennen waren. Die meiste Zeit liefen sie schweigend nebeneinander her. Karl bewegte sich wie ein Automat, setzte einen Schritt vor den anderen. Er hatte in den letzten Nächten schlecht und zu wenig geschlafen, fühlte sich müde und erschöpft. Er hätte sich am liebsten hinter einem Busch ins Laub eingegraben, um wenigstens ein wenig zu dösen. Er zwang sich jedoch, weiterzugehen. Plötzlich spürte er, dass sie nicht mehr alleine waren. Es war ein Gefühl, eine Art siebter Sinn, den er nicht hätte in Worte fassen können. Dann hörte er Schritte, die sich in ihre Richtung zu bewegen schienen. Wilhelm hatte die Geräusche ebenfalls gehört. Fast zeitgleich blieben sie stehen, griffen nach ihren Waffen und suchten Schutz hinter einem Holzstapel. Sie konnten nur hoffen, dass sie nicht bereits entdeckt worden waren. Karl zuckte zusammen, als ein Eichhörnchen über den Weg rannte und einen Baum hinauflief. Tief im Wald meinte er, einen Elch zu entdecken, war sich aber nicht sicher. Er wusste, dass es diese Tiere hier gab, hatte aber noch keines erblickt. Als das Eichhörnchen aus seinem Gesichtsfeld entschwunden war, kamen Raben heran geflogen und verursachten solch einen Lärm, dass es nicht mehr möglich war, zu hören, ob sich im umliegenden Unterholz jemand bewegte. Karl überlegte noch, ob es nicht möglich wäre, die Vögel zum Wegfliegen zu bewegen, indem er mit Steinchen auf sie zielte, als zwei kleine

Gestalten hinter den Büschen auf der anderen Seite des Weges hervorkamen. Er glaubte, seinen Augen nicht trauen zu können. Aber es waren tatsächlich Kinder! Der Größe nach zu urteilen, konnten sie nicht älter als 8 oder 10 Jahre alt sein. Sie schienen nicht recht zu wissen, welche Richtung sie einschlagen sollten und sahen sich nach allen Seiten um. Obwohl ihre Kleidung verdreckt und zum Teil zerrissen war, vermutete Karl, dass sie aus einem wohlhabenden Elternhaus stammten. Er gab seinem Kameraden durch Handzeichen zu verstehen, zuerst einmal abzuwarten. Er wollte den Beiden keinen Schrecken einjagen. Mit ihren schmutzigen Uniformen, unrasierten Gesichtern und ihrer ungepflegten Erscheinung wirkten sie nicht sehr vertrauenerweckend. Die Kleinen machten den Eindruck, als seien sie allein unterwegs, aber ganz sicher konnten sie nicht sein. Noch hatten die Beiden nichts miteinander gesprochen. Falls es keine ostpreußischen Kinder waren, die Richtung Westen flüchteten und falls sie doch von Erwachsenen begleitet wurden, würden diese deutsche Soldaten als ihre Feinde betrachten, und es könnte zu Schießereien kommen. Die Kinder schienen eine gefühlte Ewigkeit unschlüssig auf dem Weg stehen zu bleiben. Karl wurde immer ungeduldiger. Endlich fragte das Mädchen seinen Begleiter: „Hast du eine Ahnung, wo wir sind?"

Noch bevor die Beiden ihn sehen konnten, rief Karl ihnen zu: „Ihr braucht keine Angst vor mir und meinem Freund zu haben. Wir sind auch Deutsche."

Die Kinder wichen zurück, als sie seine Stimme vernahmen. Das Mädchen wollte ins Gebüsch rennen, konnte aber vom Buben davon abgehalten werden. Er legt seinen Arm um ihre Schultern. Sie drückte sich an ihn und blickte zu Boden. Der Junge sprach so leise, dass Karl ihn beinahe nicht verstanden hätte: „Wir sind mit Mama, Oma und Opa vor der Roten Armee geflohen. Wir sind noch rechtzeitig losgegangen, aber auf halbem Weg zur Ostsee wollte Opa unbedingt bei Onkel Otto und Tante Lisbeth bleiben. Mama und Oma wollten weiterziehen, aber Opa glaubte jetzt plötzlich ganz fest daran, dass die Deutsche Wehrmacht die Russen zurückdrängen würde und wir wieder nach Hause gehen könnten. Wir sind dann alle zusammen viel zu spät aufgebrochen und haben viele andere Flüchtlinge getroffen. Der ganze Treck ist von russischen Tieffliegern bombardiert worden. Fast alle, auch Mama, Opa und Oma, Tante und Onkel sind ums Leben gekommen."

Der Junge stockte kurz, bis er weiter berichtete: „Eine junge Frau, die bei diesem Angriff ihre Eltern und Geschwister verloren hatte, war so verzweifelt, dass sie sich und ihre beiden kleinen Kinder erschoss. Ich habe keine Ahnung, woher sie die Waffe hatte. Meine Schwester und ich haben geglaubt, alleine sicherer zu sein und von Flugzeugen aus nicht so schnell gesehen zu werden und sind alleine losgegangen. Die ersten Kilometer war es auch kein Problem, aber dann haben wir uns verlaufen.“

Die Kinder zeigten kaum eine Gefühlsregung, wirkten innerlich erstarrt, als ob sie ihre Emotionen ausgeschaltet hätten. Sie schienen aber nicht nur verstört zu sein. Karl war sich sicher, dass nach den schrecklichen Ereignissen, bei denen sie mit so unfassbar vielem Leid, Elend und dem qualvollen Sterben von Menschen und Tieren konfrontiert worden waren, ihre Kindheit abrupt zu Ende gewesen war. Von einem Moment auf den anderen hatten sie zu Erwachsenen werden müssen, die gezwungen waren, völlig schutzlos um ihr nacktes Leben zu kämpfen.

Er wusste nicht, wie er die Kinder hätte trösten, was er hätte sagen können. Er hätte ihren Schmerz nicht zu lindern vermocht. Sie gaben ihnen ein Teil ihrer Essensvorräte und zeigten ihnen den Weg, den sie einschlagen mussten. Vermutlich wären sie in Begleitung der Beiden nicht langsamer vorwärts gekommen. Diese wollten jedoch allein weiterziehen. Karl war froh darüber. Er wollte sich nicht für sie verantwortlich fühlen. Lange Zeit gingen ihm die Kleinen nicht aus dem Kopf. Er kannte nicht einmal ihre Namen und würde nie erfahren, ob sie ihr Ziel, ihre Verwandten in Hannover, erreichen würden. Er fragte sich, ob es die Kinder waren, die am schlimmsten an der Last des Krieges zu tragen hatten.

Kurz hinter dem Wald kamen sie an einem Anwesen vorbei. Obwohl es etwas ungepflegt wirkte, kein Rauch aus dem Kamin aufstieg und kein Hund den Hof bewachte, war Karl sich nicht sicher, ob es tatsächlich verlassen war. Sie hofften, die Nacht über irgendwo im Haus oder Stall unterzukommen, mussten aber zuvor in Erfahrung bringen, ob und von wem es bewohnt war. Sie durften keinesfalls auf Soldaten stoßen, die sie als Fahnenflüchtige erkennen und ausliefern würden. Karls Sinne waren auf das Äußerste angespannt, oft hielt er unbewusst den Atem an und spürte, wie sich Herzschlag und Puls beschleunigten. Er hatte die Aufgabe übernommen, das Anwesen auszukundschaften, suchte Deckung hinter Büschen und Mauern, soweit es ihm möglich war. Der Boden war von kleinen Ästen übersät, die unter seinen Tritten geräuschvoll auseinander brachen. Einmal schreckte er auf, als er eine Katze verscheuchte, die vor einem Mauseloch ausgeharrt hatte. Er vernahm das Plätschern eines

Baches, der in der Nähe vorbeifließen musste, ohne dass er ihn sehen konnte. Es kam ihm vor, als brauche er Stunden, um endlich das Haus zu erreichen. Alles blieb ruhig. Es gab tatsächlich keinen Hofhund und auch keine Gänse, die seine Ankunft hätten verraten können. Plötzlich hörte er jedoch, dass auf der Seite des Hauses, die er nicht sehen konnte, eine Tür geöffnet wurde. Automatisch griff er zur Pistole. Er musste auf alle Fälle zuerst schießen. Unbemerkt zu entkommen, war kaum möglich. Er hoffte, dass er nicht bereits entdeckt worden war.

„Justus, was machst du denn, wo gehst du denn hin?"

„Ich komme gleich wieder, Paula."

Karl war so erleichtert, auf deutsche Zivilisten zu stoßen, dass seine Knie beinahe nachgegeben hätten. Bevor das Paar ihn erspähen konnte, rief er ihnen zu, dass sie keine Angst zu haben bräuchten, dass er und Wilhelm Deutsche und keine Russen seien und dass von ihnen keine Gefahr ausginge.

Die alten Eheleute waren froh, wieder einmal Landsleute zu treffen und luden Karl und Wilhelm, der auf Karls Rufen hinzugekommen war, ein, ihnen in die Küche zu folgen. Die Luft im Inneren des Hauses war dick und schwer, erfüllt vom Geruch nach Zwiebeln und Knoblauch. Die beiden Kameraden setzten sich auf die Küchenbank. Die Bäuerin drehte ihnen den Rücken zu, schnitt das Roggenbrot in Scheiben und säbelte kleine Stücke von einer Speckschwarte. Sie hatte ihre dünnen, grauen Haare zu einem Dutt aufgesteckt. Die braune, dicke Wolljacke reichte bis zu ihren Knien. Die Füße steckten in großen Pantoffeln. Justus zog einen Hocker unter dem Tisch hervor. Die Härchen an seinen Händen hatten sich aufgerichtet. Er hob eine Decke auf, die auf dem Schemel lag und wickelte sie fest um sich. Karl dagegen fühlte sich an eine Sauna erinnert und konnte seinen Mantel nicht schnell genug ausziehen. Von Justus Gesicht war nicht viel zu sehen. Ein dichter Bart bedeckte Wangen, Oberlippe und Kinn. Ein Tropfen hing an seiner Nase, seine rechte Hand zitterte leicht. Die Augen waren von tiefen, dunklen Ringen umgeben. Zuerst sprach niemand etwas. Das Feuer im Herd knackte und knisterte, kleine Flammen schlugen aus der kreisrunden Öffnung. Ein Topf, gefüllt mit Wasser, stand daneben. Vermutlich war vergessen worden, ihn auf das Loch zu stellten. Die Wand war vom Rauch geschwärzt. Die Küche jedoch war aufgeräumt und sauber. Der Fußboden, ein Schachbrettmuster aus großen weißen und schwarzen Fliesen, wirkte, als sei er eben erst aufgewischt worden. Lediglich die getigerte

Katze, die in ihrem Napf Milch schlabberte, hatte kleine Abdrücke ihrer Pfoten hinterlassen.

Nach ein paar Minuten begann Justus zu erzählen: „Wir sind alleine auf dem Hof zurückgeblieben. Unsere Kinder, Enkel, Knechte und Mägde sind im Winter bei Eiseskälte nach Westen aufgebrochen, als die Nachricht zu uns durchgedrungen war, dass die Rote Armee Richtung Ostsee vorrückte. Wir wollten nicht mitgehen, unsere Heimat nicht verlassen und den anderen nicht zur Last fallen. Wir sind zu alt und zu gebrechlich, wir hätten die Kälte nicht überlebt. Auch hätten zwei weiter Personen mit Nahrung versorgt werden müssen, und es schien schon für die anderen nicht auszureichen. Ich glaube, dass die Berichte von den Gräueltaten der Roten Armee maßlos übertrieben sind, dass sie von Nazigrößen verbreitet wurden, um ihre eigenen Soldaten zum Kampf zu motivieren. Und selbst, wenn diese Berichte tatsächlich wahr sein sollten, hoffe ich, aufgrund unseres Alters verschont zu werden. Wir haben nichts Unrechtes getan, sind nie der NSDAP beigetreten und haben nie zu Hitlers Anhängern gehört. Zudem haben es deutsche Truppen 1914 im Ersten Weltkrieg geschafft, die Armee des Zaren wieder aus Ostpreußen zu vertreiben. Vielleicht gibt es Hitlers Wunderwaffe tatsächlich, sodass es der Wehrmacht auch diesmal gelingen wird, die Russen zurückzudrängen."

Wahrscheinlich hatten sie nie etwas davon erfahren, welche Verbrechen deutsche Soldaten in Russland verübt hatten, aufgestachelt durch die NS-Ideologie, die in Osteuropäern barbarische Untermenschen sah. Diese Bauersleute hatten somit wahrscheinlich keine Ahnung, mit welchem Hass sowjetische Soldaten deutsche Zivilisten behandelten und dass sie nicht danach fragten, wen sie vor sich hatten, ob es sich um Soldaten, Zivilisten, SS–Angehörige oder Nazigegner handelte.

Das Paar bot Karl und Wilhelm an, die Nacht in einem der Zimmer der Knechte und Mägde zu verbringen. Früh am nächsten Morgen brachen sie wieder auf. Der Abschied war schmerzhaft. Karl wusste, dass sie einander nicht wiedersehen und sich nie würden revanchieren können. Er verzichtete darauf, die Beiden zur Flucht zu überreden. Sie hätten sie nicht mitnehmen können, sie waren zu schwach und zu langsam, außerdem hatten sie sich längst entschlossen, auf ihrem Hof zu bleiben. Karl nahm an, dass sie nicht nur aufgrund ihres Alters und ihrer körperlichen Schwäche ausharrten. Sie hingen viel zu sehr an ihrer Heimat, ihren Gebäuden, Äckern und Tieren und hatten nie etwas anderes als diesen Ort gekannt. Auch hatten sie angedeutet, selbst auf die Gefahr hin, doch nicht verschont zu bleiben, lieber hier in der Heimat sterben zu wollen, anstatt einer ungewissen Zukunft entgegen zu gehen, von der sie sich nicht mehr viel erhofften.

Kapitel 5: **Pillau**

Als Karl und Wilhelm endlich ihr Etappen-
ziel Pillau an der Ostsee, erreichten, war von
der Kleinstadt, die vor dem Krieg etwa 10.000
Einwohner gehabt hatte, nur noch ein Trüm-
merfeld übrig. Hier würden sie keine Hilfe finden. Sie entschlossen sich, direkt zur Küste
weiterzugehen. In dem großen Chaos, das in
und um Pillau herrschte, schien niemand von
ihnen Notiz zu nehmen. Am Meer angekommen, hatte Karl keinen Blick für die Schönheit
des flachen und steinlosen Sandstrands. Er
sah nur die Gefahr, in die sie sich hier bega-
ben. Die Rote Armee hatte den Landweg ab-
geschnitten, sodass den Flüchtlingen nur noch
der Weg über die Ostsee blieb. Früher oder
später würden Tiefflieger hier ihre tödliche
Fracht abwerfen. Aber sie hatten keine Wahl,
sie mussten unbedingt ein Boot finden. Noch
war kein Flugzeug zu hören. Sie liefen am
Ufer entlang und stießen nach ein paar hundert Metern auf ein verlassenes Fischerboot,
schoben es hastig ins Wasser und stiegen ein.
Die ersten hundert Meter kamen sie gut voran. Es herrschte nur wenig Wellengang. Bis
auf das Kreischen der Möwen und ihren Ru-
derschlägen war nichts zu hören. Doch plötzlich vernahmen sie es, ein schnell lauter wer-
dendes Dröhnen und Brummen. Dann erblick-

ten sie ihn, einen Tiefflieger, der knapp über der Wasseroberfläche direkt auf sie zukam. Sie sprangen sofort ins Wasser. Das Boot überschlug sich und blieb direkt über Karl liegen. Er tauchte ab. Um ihn herum war alles finster. Dennoch verspürte er keine Panik. Oft genug hatte er solche Szenen geübt, als er seine Ausbildung zum Rettungsschwimmer absolviert hatte. Er schwamm wenige Meter unter Wasser und kam an die Oberfläche. Er kraulte auf das Ufer zu mit einer Geschwindigkeit, die er in seinem geschwächten Zustand kaum für möglich gehalten hätte. Er holte seinen Kameraden ein, zog an ihm vorbei und erreichte als erster den Strand. In dem Moment, als Wilhelm seine Füße auf den Sand setze, schossen die ersten Wasserfontänen in die Luft. Laut klatschend fielen sie auf die konzentrischen Wellen zurück, die sich um die Abwurfstelle bildeten. Auch ihr Boot war getroffen worden. Brennende Planken folgen durch die Luft, Rauch stieg auf. Zischend erlosch das Feuer, als die Bretter zurück aufs Wasser prallten. Die Luft war erfüllt von den Abgasen des Flugzeuges und dem Rauch, den der Wind zu ihnen blies. Karl glaubte, wieder an der Front zu sein. Er sah seine verwundeten und getöteten Kameraden, in Flammen stehende Fahrzeuge, meinte den Gestank von verbranntem Fleisch zu riechen. Erst als Wilhelm in ansprach: „Karl, bist du in Ordnung?", wurde ihm bewusst, wo er sich befand. Sie fielen sich in die Arme, hielten sich kurz umschlungen, ohne etwas zu sagen.

Fast so schnell, wie der Angriff begonnen hatte, war er wieder vorbei. Die Ruhe wirkte gespenstisch und unwirklich. Nirgends waren Hilfeschreie zu hören, lediglich die Möwen kreischten noch lauter als zuvor. Sanft schlugen die Wellen an die Küste. Weiter entfernt tanzten die Überreste ihres Bootes auf dem Wasser. „Ich geh' wieder nach Pillau. Vielleicht gibt's eine Möglichkeit, weiterzukommen" unterbrach Wilhelm das Schweigen. Karl stand noch zu sehr unter dem Eindruck des Erlebten. Er hatte nicht die Kraft, seinen Kameraden davon abzuhalten und blieb allein zurück. Er musste zur Ruhe kommen, wollte nicht von Panik getrieben weiter hasten. Er grub sich in eine Düne ein, um von Flugzeugen nicht entdeckt zu werden. Nach Pillau würde er nicht zurückkehren. Der einzige Weg nach Westen führte für ihn über die Ostsee.

Kapitel 6: **Ostseeufer**

Karls Kopf ragte aus dem Sand. Er sah aufs Meer hinaus. Als kleiner Junge hatte er den begeisterten Erzählungen seines Onkels gelauscht und sich gewünscht, an einem herrlichen Sommertag am Strand entlang zu laufen, sich an die Küste zu legen und Wellen und Wolken zu beobachten. Nie hätte er sich träumen lassen, dass diese Phantasien auf so bizarre, verzerrte Weise Wirklichkeit würden. Neben ihm erstreckte sich eine Landschaft aus grasbewachsenen Dünen. In der Ferne erblickte er verpackte Strandkörbe. Das Wasser hatte ein feines Wellenmuster in den Boden gezeichnet. Kleine, runde Löcher verrieten die Anwesenheit von Sandwürmern. In greifbarer Nähe lagen zwei Muscheln, die gleiche, die ihm sein Onkel damals mitgebracht hatte. Aber auch hier hatte der Krieg seine Spuren hinterlassen. Weit verstreut lag Treibgut, das von Flüchtlingsschiffen stammte, die die Russen versenkt hatten. Karl sah eine Puppe, der die Arme fehlten, einen durchnässten Stoffhasen, einen knallroten, zerknautschten Ball, eine Lederhandtasche, ein halbes Brillenetui und vieles mehr.

Es war äußerst gefährlich, was er vorhatte, aber ihm blieb keine Wahl. Seine Nerven waren zum Zerreißen gespannt, seine Ohren nahmen auch das leiseste Geräusch wahr. Er vermutete hinter jeder Bewegung eine Bedrohung und hätte auf alles geschossen, was sich irgendwie rührte und wäre es nur ein Vogel oder ein streunender Hund gewesen. Wie schon oft in ähnlichen Situationen war seine Existenz auf den Instinkt, zu überleben, reduziert. Der Krieg hatte ihn gelehrt, dass man keine Skrupel haben durfte, jemanden zu töten, zu verletzen oder zu berauben, wenn man sein Leben nicht verlieren wollte. Die Moral schien außer Kraft gesetzt zu sein. Dann gab es wieder kurze Momente, in denen er wieder Mitgefühl empfand. Er hätte weinen können beim Anblick der Toten und Verwundeten, meinte, ihren Schmerz, ihre Hilflosigkeit und Verzweiflung zu spüren, schob diese Gefühle aber sofort wieder beiseite. Die Gräuel des Krieges, vielleicht auch die Enttäuschung, dass dieser nicht, wie versprochen, schnell beendet war, hatten ihn auf einen Menschen reduziert, der nur noch sein Überleben im Blick hatte.

Irgendwann verlor er sein Zeitgefühl, konnte die hohe innere Anspannung nicht mehr aufrechterhalten und nickte ein. Seine Träume führten ihn zurück in sein Elternhaus nach Stuttgart, das er so geliebt hatte und das den Bombenhagel der Alliierten nicht überstanden hatte. Eine Traumszene jagte die andere. Er sah seinen Vater im Garten Kirschen pflücken, gleich darauf suchte seine Mutter in den Trümmern nach Hab und Gut, dann war das Haus wieder intakt und seine Schwester übte Klavier. Er sah Bilder seiner Hochzeit während eines Fronturlaubs, wie sie vor dem Pfarrer standen und die Ringe tauschten, als der Krieg für kurze Zeit so weit weg gewesen war.

Plötzlich war er hellwach. Irgendetwas war anders. Er war nicht mehr allein. Er lauschte und hörte ein leises Rufen: „Hau Ruck, hau Ruck", rief eine Männerstimme in gedämpftem Tonfall.

Karl richtete sich ein wenig auf, um besser sehen zu können und erblickte am Ufer ein paar Soldaten. Die Dämmerung hatte bereits eingesetzt. Aber es war noch hell genug, um genau erkennen zu können, was sich vor ihm abspielte. Er zählte zwölf Personen, den Rangabzeichen nach musste es sich um höhere Dienstgrade handeln. Ein weiteres Mal war Karl froh, ausgesprochen gute Augen zu haben. Es handelte sich um Offiziere, Majore und Hauptleute der deutschen Wehrmacht. Sie hatten ein Floß gebaut und waren gerade dabei, es ins Wasser zu lassen. Karl sah seine Chance gekommen, er würde sich diesen zwölf Männern anschließen. Er stand ruckartig auf, Sand rieselte ihm in die Augen. Er näherte sich den Soldaten mit schnellen, großen Schritten und winkte ihnen zu. Einer von ihnen richtete eine Waffe auf ihn. Seine Hände waren völlig ruhig, nicht das leiseste Zittern war zu sehen, und er zielte genau auf sein Herz. Dieser Mann wusste, wie man einen Menschen mit einem Schuss tötete. Karl erkannte die Waffe sofort. Es war eine Bergmann MP18, die erste echte Maschinenpistole, die während des Ersten Weltkriegs entwickelt worden war. Sein Vater hatte genau diese Pistole besessen, er hatte sie 1918 mit nach Hause gebracht. Er hatte von ihr geschwärmt, man könne sogar aus der Bewegung heraus feuern, und es sei kein langes Anvisieren nötig. Karl wunderte sich, dass der Offizier mit solch einer alten MP bewaffnet war. Auch stach ihm dessen Ehering ins Auge, der im Licht der untergehenden Sonne besonders hell leuchtete. Am rechten Zeigefinger hatte er eine tiefe Narbe, deren Rötung nach zu urteilen, konnte sie noch nicht sehr alt sein. Sein Ärmel war blutverkrustet und voller Sand, aber nach Hygienevorschriften fragte schon lange niemand mehr. Die Sekunden zogen sich zu gefühlten Minuten hin. Noch Jahre später erinnerte sich Karl an jede Einzelheit dieser Hände, die mit einer Waffe auf ihn zielten. Seine Starre löste sich ein wenig, als er den Befehlshaber in gewohnt gebieterischem Ton, zu dem die hessische Färbung so gar nicht zu passen schien, sagen hörte: „Keinen Schritt näher oder ich drücke ab!"

Der Ausdruck in seinen Augen erstickte jeglichen Zweifel daran, dass er seine Drohung wahr machen würde.

„Zwölf Mann und kein weiterer, mehr trägt das Floß nicht".

Es hätte dieser Erklärung nicht bedurft, Karl war bereits zurückgewichen. Er war viel zu geschockt, um Enttäuschung zu verspüren, nahm auch nicht wahr, dass Wasser in seine Stiefel gelaufen war. Er stapfte zu seiner Sanddüne zurück und grub sich wieder ein. Er beobachtete, wie sich Floß und Besatzung vom Ufer entfernten. Er musste eine andere Möglichkeit finden, von hier wegzukommen.

Bevor er sich weitere Gedanken machen konnte, explodierte das Wasser. Instinktiv versuchte er, sich tiefer in den Sand zu ducken. Er starrte aufs Meer. Fontänen spritzten auf, Holzteile flogen durch die Luft, fielen aufs Wasser zurück. Die Männer schrien, stöhnten, fluchten oder riefen um Hilfe. Einer klang wie ein kleiner Junge: „Mama, Mama, wo bist du? Hilf mir doch!"

Nach und nach waren immer weniger Stimmen zu hören, sie wurden immer leiser, bis sie ganz verstummten. Das Wasser hatte sich rot verfärbt. Körper trieben leblos auf dem Meer oder sanken in die Tiefe. Vom Floss war nichts übrig geblieben. Einzelne Baumstämme, ein Rucksack, Mützen, ein Mantel und etwas, das aussah wie ein Arm, schaukelten auf den Wellen. Karl fror und zitterte. Er schickte ein Dankesgebet zum Himmel. Er wartete den Einbruch der Nacht ab, schälte sich aus seinem Sandhügel heraus und lief langsam aufs Ufer zu. Einzelne Hölzer waren an Land gespült worden. In ein paar Metern Entfernung entdeckte er vier Leiber. Sie zeigten kein Lebenszeichen mehr. Karl drehte sie um und überprüfte, ob sie etwas Essbares bei sich hatten, fand aber lediglich zwei durchnässte Zigaretten. Erneut grub er sich in seine Düne ein. Es würde ihm nichts anderes übrig bleiben, als nach ein paar Stunden Schlaf zu versuchen, durch die Ostsee zu schwimmen in der Hoffnung, von einem Boot aufgegriffen zu werden oder es aus eigener Kraft bis zur knapp 40 Kilometer entfernten Halbinsel Hela zu schaffen.

Kapitel 7: **Schwimmend durch die Ostsee**

Es dämmerte, als Karl erwachte. Müde öffnete er die Augen, stand auf, schüttelte den Sand von seiner Kleidung und lief den Strand entlang. Niemand war zu sehen, und bis auf das Plätschern der Wellen war nichts zu hören. Es herrschte nur schwacher Seegang, was das Schwimmen erleichtern würde. Allerdings konnte das Wetter auf dem Meer schnell umschlagen. Aber es machte keinen Sinn, Spekulationen anzustellen. Dieser Weg über die Ostsee war seine einzige Möglichkeit. Er durchstöberte das Treibgut nach einem Seil, einer Angelschnur oder ähnlichem, um sich damit die Stiefel umzubinden. Als er die Hoffnung fast aufgegeben hatte, etwas Passendes zu finden, stieß er auf einen Koffer, gefüllt mit Kleidungsstücken. Er riss einen Rock in Fetzen, knotete sie aneinander, bis das Band lang genug war. Er zog seine Stiefel aus, schob sie ein Stück weit unter seinen Rucksack, der nur noch das Allernötigste enthielt, wickelte sich den Strang um Stiefel und Körper und zurrte ihn fest. Dann lief er ins Wasser. Er spürte die Kälte kaum. Der Winter an der Front, das Schlafen im Freien und die vielen Entbehrungen hatten ihn abgehärtet.

Nach einiger Zeit bemerkte er, dass auch andere Soldaten diesen Weg gewählt hatten, um den Russen zu entkommen. Immer wieder vernahm er Rufe „Kamerad hilf mir", „Hilfe, Hilfe, ich ertrinke".

Andere flehten Gott, Maria, einen Heiligen oder ihre Mutter um Beistand an. Impulse, darauf zu reagieren, Mitleid und sein schlechtes Gewissen verdrängte er sofort. Er ärgerte sich, dass sie ihn nicht in Ruhe ließen. Er konnte ihnen nicht helfen. Mit viel Glück würde er es bis zur Halbinsel Hela schaffen, für eine weitere Person hatte er keine Kraft.

Trotz seiner Erschöpfung kam er gut voran. Von der Roten Armee war nichts zusehen. Nirgendwo entdeckte er Anzeichen von Flugzeugen oder Schnellbooten. Nach einiger Zeit bemerkte er jedoch, dass sich etwas verändert hatte. Er begriff nicht sofort, was es war. Um ihn herum war es immer ruhiger geworden. Die Hilferufe waren verstummt. Niemand keuchte, stöhnte oder fluchte mehr. Seine Kameraden waren ertrunken. Sie hatten sich zu sehr verausgabt. Er hatte es als Rettungsschwimmer gelernt, seine Kräfte einzuteilen, gleichmäßig und nicht hektisch zu schwimmen und zu atmen. Aber seine Hoffnung, nicht selbst umzukommen, sank. Eine Traurigkeit legte sich wie eine Last auf seine Seele. Die graue Eintönigkeit, die um ihn herum herrschte, kam ihm noch dunkler vor. Wasser und Himmel verschmolzen am Horizont. Wolken verdeckten die Sonne, die nur selten als leuchtende, weiße Scheibe zu erkennen war. Immer wieder wich er Treibgut aus, Koffern, Kleidungsstücken, Büchern, Spielzeug. Einmal sah er einen Unterschenkel, der auf einem Stück Holz lag. Er erinnerte sich, dass ihm ein Kamerad erzählt hatte, dass Ärzte auf Rettungsschiffen amputierte Gliedmaßen einfach ins Meer werfen würden. Seine Traurigkeit schlug in Zorn um, Zorn auf Gott, der den Krieg zugelassen hatte, auf den Führer, der ihn in diese Lage gebracht, unsägliches Elend verursacht und Tausende, wenn nicht Millionen Leben vernichtet hatte. Kurzfristig verlieh ihm seine Empörung neue Kraft. Danach spürte er seine Erschöpfung jedoch umso stärker. Seine Kräfte ließen immer mehr nach, seine Bewegungen wurden langsamer, Beine, Arme, Kleidung, Stiefel und Rucksack schwerer. Er schöpfte wieder Hoffnung, als er ein Fass mit einem kaputten Deckel erblickte, das auf den Wellen tanzte. Er bekam den Griff zu fassen und hievte sich auf die Tonne. Er überließ sich den Bewegungen des Kübels, driftete aber schnell in die falsche Richtung ab. Er begann mit den Beinen zu paddeln, nickte für Sekunden ein, rutschte herunter und schreckte auf, als er keine Luft mehr bekam. Erneut zog er sich hoch. Obwohl laufend

Wasser in den Bottich schwappte und er immer mehr Tiefgang bekam, konnte er sich lange Zeit daran festhalten. Er musste aber ständig stärker dagegen ankämpfen, sich nicht treiben zu lassen. Immer öfter fielen ihm die Augen zu. Ein paar Mal schlief er erneut für Augenblicke ein, wachte aber jedes Mal wieder auf, bevor er vollständig herunter rutschte. Schließlich war das Fass jedoch so voll gelaufen, dass er es aufgeben musste. Kurz darauf sah er, wie es abtauchte. Es fiel ihm immer schwerer, ohne Hilfsmittel zu schwimmen. Seine Augen brannten, in seiner Nase verspürte er ein Kratzen, der Wind pfiff um seine Ohren. Das Salzwasser, das er ungewollt schluckte, hinterließ einen unangenehmen Geschmack auf Zunge und Gaumen. Er bekam einen Balken zu fassen, der mit etwas umwickelt war, das er nicht identifizieren konnte und hielt sich daran fest. Nach einiger Zeit lag das Holz aber so tief im Wasser, und er ließ es los. Kurz darauf stieß er beinahe mit einem Benzinkanister zusammen. Er versuchte, auch diesen als Schwimmhilfe zu nutzen. Die Ränder drückten jedoch so schmerzhaft auf seine Hüftknochen, und der Benzingeruch löste Kopfschmerzen aus, dass er das Experiment aufgab. Sich allein aus eigener Kraft über Wasser zu halten, kostete ihn jetzt unsäglich viel Energie. Er wunderte sich, dass er dazu überhaupt noch in der Lage war. Eigentlich müssten seine ganzen Reserven längst aufgezehrt sein. Er kam sich wie ein Tier vor, das nur vom Instinkt zu überleben, weiter getrieben wurde. Er verlor jegliches Zeitgefühl. Die Sonne, die immer wieder für kurze Zeit zwischen den Wolken aufleuchtete, stand jetzt im Westen. Er musste also schon etwa acht Stunden unterwegs sein. Er bewegte sich immer langsamer und schien kaum noch von der Stelle zu kommen. Die Sonne war fast untergegangen, als ein Baumstamm in sein Blickfeld geriet. Er näherte sich ihm von der Seite, legte seinen Brustkorb darauf, atmete tief ein und genoss die Entlastung. Er befahl sich, sich nicht treiben zu lassen und nicht aufzugeben. Mit letzter Kraft kämpfte er sich vorwärts. Er konnte jetzt nicht mehr unterscheiden, ob das, was er wahrnahm, tatsächlich geschah oder ob es sich um Trugbilder handelte. Aus der Ferne meinte er, das Läuten von Kirchenglocken zu hören, was Erinnerungen wach rief, die ihm in Bruchstücken vor Augen traten: Seine Hochzeit vor zwei Jahren und das Glück, das er dabei empfunden hatte, die Taufe seines Patenkindes, beides Gelegenheiten, zu denen er Urlaub von der Front erhalten hatte. Auch als sein Pferd unter ihm tödlich getroffen zusammengebrochen war, hatten jenseits des Gefechtsgebietes Glocken geläutet. So schnell, wie sie gekommen waren, verschwanden diese Szenen wieder. In seinen Ohren pfiff ein unangenehm hoher Ton, der vom Dröhnen von Flugzeugen aus der Ferne überlagert wurde. Am Horizont sah er schwarzen Rauch aufsteigen. Immer häufiger schluckte er Wasser und hatte Mühe, die Augen offen zu halten. Die Zuversicht, das rettende Ufer zu erreichen, schwand immer mehr. Langsam begann es, dunkel zu werden. Der Wind nahm zu, die Wellen wurden steiler, kamen schneller und heftiger. Als er seltsame Stimmen hörte, die etwas riefen, das klang wie „hierher, hierher", war er sich endgültig sicher, unter Halluzinationen zu leiden. Er schüttelte den Kopf, in der Hoffnung, sie zum Schweigen zu bringen. Aber es half nichts, im Gegenteil, sie wurden immer lauter. Die Wellen wurden noch stärker. Plötzlich klatschte etwas in seiner Nähe aufs Meer. Er stieß mit einem Ring oder etwas Ähnlichem zusammen, erschrak, rutschte vom Baumstamm. Sein Kopf geriet unter Wasser. Er kämpfte sich an die Oberfläche. Es konnte nicht sein, was er erblickte. Er schloss die Augen, öffnete sie, schloss und öffnete sie ein zweites Mal. Aber der Rettungsring war noch immer zu sehen. Er kraulte auf ihn zu in einer Geschwindigkeit, die er sich nicht mehr zugetraut hätte. Er bekam ihn zu fassen, merkte, wie er gezogen wurde. Jetzt sah er auch das Boot und die Männer darin, spürte, wie ihn Arme aus dem Wasser fischten und hineinhoben. Dann wurde ihm schwarz vor Augen.

Kapitel 8: **Hela**

Im ersten Moment wusste Karl nicht, wo er sich befand, als er unsanft aus dem Schlaf gerissen wurde: „Aufwachen, wir sind da, sie müssen aussteigen!"

Er lag auf einer Koje, zugedeckt mit einer kratzenden Wolldecke. Seine Kleidung hing über einer Heizung, seine Stiefel standen daneben. Von der Fahrt hatte er nichts mitbekommen, auch nicht, dass er bis auf die Unterhose ausgezogen und in eine Kabine gelegt worden war. Er erfuhr, dass er sich auf einem Rettungsschiff befand, das aufgrund eines Maschinenschadens außerplanmäßig Hela anlief, wo alle Passagiere an Land gehen mussten. Rasch zog er sich an, schlüpfte in seine noch immer nassen Stiefel und verschlang das Brot, das ihm in die Hand gedrückt wurde.

Erst als er das Schiff verließ, wurde ihm klar, wie knapp er erneut dem Tod entronnen war. Er hatte seine Retter gefragt, wann sie ihn aus dem Wasser gefischt hatten. Er rechnete nach und konnte kaum glauben, dass er sich tatsächlich 12 Stunden schwimmend und an Treibgut klammernd durch die Ostsee gekämpft hatte. Wäre er nur wenig später gefunden worden, hätte er nicht überlebt. Er war mit seinen Kräften völlig am Ende gewesen und wäre ertrunken.

Jetzt stand er auf der Halbinsel Hela, einer schmalen, 34 Kilometer langen und maximal drei Kilometer breiten Landzunge, die die Danziger Bucht teilweise von der Ostsee trennt. Er lief durch das gleichnamige Dorf, das lediglich aus einem kleinen Fischereihafen und ein paar Häusern bestand. Etwas abseits des Ortes lag der Kriegshafen. Hinter dem Weiler wuchs auf dem sandigen Boden ein Kiefernwald, der immer wieder freie Flächen aufwies, die nur aus Heide und Gebüsch bestanden. Hela war von Flüchtlingen übervölkert. Von einer jungen Frau erfuhr er, dass sich viele im Gehölz aufhielten, um von russischen Tieffliegern, die tagsüber mehrmals über die Landzunge hinweg donnerten, nicht so leicht gesehen zu werden. Auch die Essensversorgung war dorthin verlegt worden, da die Schlange vor der Essensausgabe im Dorf ein zu leichtes Ziel für Kampfflugzeuge der Roten Armee gewesen war. Auf Anordnung der deutschen Wehrmacht waren Badewannen aus Wohnhäusern herausgerissen und über Feuerstellen im Wald eingebaut worden. Suppen wurden in großen Kesseln angeliefert und darin erhitzt. Die Gestrandeten erhielten auf diese Weise eine warme

Mahlzeit am Tag, ohne sich der Gefahr auszusetzen, von russischen Flugzeugen angegriffen zu werden. Der Winter war einem milden Frühling gewichen. Es bestand keine Gefahr mehr, zu erfrieren, sodass selbst die alten, verwundeten und gebrechlichen Flüchtlinge, die zuvor in Häusern einquartiert waren, Unterschlupf im Forst gesucht hatten. Lediglich die, die ans Bett gefesselt waren, waren in den Wohnhäusern, der Schule und in den außerhalb des Dorfes gelegenen Kasernen geblieben.

Karl fürchtete sich nicht nur vor russischen Tiefliegern. Noch immer bestand die Gefahr, von seinen eigenen Landsleuten als Fahnenflüchtiger aufgespürt und hingerichtet zu werden. Dennoch war er auf den Anblick, der sich ihm bot, nicht vorbereitet. Ihm stockte der Atem, als er mehrere deutsche Soldaten erblickte, die gehängt worden waren, darunter Offiziere, deren Ritterkreuz, die höchste Stufe des Eisernen Kreuzes, das am Hals getragen wurde, deutlich zu erkennen war. An einigen Stellen der Gerüste waren Plakate mit dem Wort „Verräter" befestigt, die keinen Zweifel daran ließen, weshalb diese Toten dort hingen. Die Vorstellung, dass ihm das gleiche Schicksal drohte, sollte er als Deserteur erkannt werden, versetzte ihn in panische Angst. Er atmete einige Male bewusst tief ein und aus, um sich zu beruhigen. Nur mit äußerster Selbstdisziplin gelang es ihm, langsam weiterzugehen, anstatt in Panik davonzurennen und auf sich aufmerksam zu machen. Als er an der Schule angekommen war, suchte er nach etwas, das er als Schild nutzen könnte. Er wollte den Anschein erwecken, in offizieller Mission nach Hela gekommen zu sein, um nach Soldaten Ausschau zu halten. Er fand ein Stück einer Schiefertafel. Mit Kreide schrieb er darauf „Suche Kameraden..." und stellte sich damit vor das Gebäude.

Aber niemand nahm von ihm Notiz, keiner sprach ihn an. Jeder schien nur sein eigenes Überleben im Sinn zu haben und darauf zu hoffen, möglichst bald einen Platz auf einem Schiff zu bekommen, das ihn Richtung Westen brachte und die Zeit bis dahin zu überstehen. Die Rettungsschiffe kamen immer seltener, selbst die, die zuvor alle vier bis fünf Tage zurückgekehrt waren, blieben aus. Karl vermutete, dass die deutsche Wehrmacht nicht mehr genügend Brennstoff besaß, um den Schiffsverkehr aufrechtzuerhalten. Zuvor war jedes Schiff der Handelsflotte, das den Krieg überdauert hatte, jeder Öltanker und Kohlentransporter zur Rettung der Flüchtlinge und verwundeten Soldaten eingesetzt worden.

Karl verließ seinen Posten vor der Schule nur in den späten Nachmittagsstunden und suchte Zuflucht im Wald. Kurz vor Anbruch der Dämmerung flog die Rote Armee die heftigsten Angriffe, um eine möglichst hohe Tagesleistung aufweisen zu können. Wenn es dunkel geworden war, kehrte er zurück. Nachts war nicht mit Bombenangriffen zu rechnen. Es war ihm gelungen, in den Besitz eines Plaids zu gelangen. Er suchte sich vor dem Gebäude einen Platz zum Schlafen. Die nächtliche Ruhe hatte etwas Unheimliches, als ob eine unbekannte Gefahr in ihr lauere. Karl nahm das Stöhnen und Schnarchen der Verwundeten, die im Haus untergebracht waren, kaum wahr und schlief schnell ein. Am nächsten Morgen wurde er von hektischem und wuseligem Treiben geweckt. Er selbst hatte das Signal nicht gehört, das angekündigt hatte, dass ein Rettungsschiff unterwegs sei. In Scharen kamen die Flüchtlinge aus dem Wald und aus den Gebäuden, hetzten zum Hafen, die Verwundeten auf ihren Krücken oder gestützt von Freunden und Verwandten, Frauen trugen kleine Kinder, eine schob mühsam ihren Kinderwagen durch den Sand. Ein paar Verwundete lagen auf behelfsmäßigen Bahren oder wurden auf dem Rücken getragen. Sie alle mussten die Gefahr in Kauf nehmen, von russischen Tiefffliegern beschossen zu werden und kannten nur ein Ziel, einen Platz auf dem Wasserfahrzeug zu ergattern. Sie setzten alles daran, als Familie zusammenzubleiben und in der Hektik nicht auseinandergerissen zu werden. Sie versuchten, vom Steg, von Schlauchbooten und Ruderbooten aus, mit denen sie zum Schiff gekommen waren, über Lotsentreppen, Strickleitern, Fallreeps und grobmaschigen Drahtnetzen auf das Deck zu gelangen. Sie kletterten in schwindelerregende Höhen, angetrieben von den Nachfolgenden. Diejenigen, die zu schwer verwundet oder zu gebrechlich waren, wurden auf Plattformen, die an Ladebäumen befestigt waren, auf das Schiff gehievt. Nach den Informationen, die Karl erhalten hatte, sollten nur verwundete Soldaten und Zivilisten aufgenommen werden. Er hatte sich seit seiner Ankunft in Hela Gedanken darüber gemacht, wie er sich als Verletzter ausgeben könnte. Er erinnerte sich an seine Tante Olga. Diese schaffte es, mit ihrer eingebildeten Herzerkrankung ihre Familie zu manipulieren und derart unter Druck zu setzen, dass alle nach ihrer Pfeife tanzten. Er hätte sich nie träumen lassen, dass er ihr einmal für ihre bühnenreifen Auftritte dankbar sein würde. Sie hatte ihn auf den Gedanken gebracht, anzugeben, an einer Karditis zu leiden.

Karl kam über die Lotsentreppe an Deck. Sofort trat ein Mitglied der Besatzung, ein blutjunger Matrose, auf ihn zu und fragte nach seiner Berechtigung. Noch während Karl vorbrachte, schwer herzkrank zu sein, packte eine Frau den Seemann am Arm. Sie versuchte, ihn mit sich zu ziehen, weinte und stammelte, ihre Worte überschlugen sich. Karl verstand lediglich: „Maria, mein Kind".

Außerhalb des Schiffes schrie ein Schwerverwundeter, der drohte von einer Plattform ins Wasser zu rutschen, um Hilfe. Der Soldat war sichtlich überfordert. Er wusste nicht, wo er sich zuerst hinwenden sollte. Auch musste alles so schnell wie möglich gehen, da das Schiff russischen Kampfbombern ein ideales Ziel bot. Entnervt gab der Matrose Karl den Weg frei mit der Bemerkung, seine Angabe später zu überprüfen.

Karl war keine fünf Meter weit gekommen, als er seinen Namen rufen hörte. Er war sich nicht sicher. Die Stimme könnte Hubert gehören, einem Freund aus seinem heimatlichen Gesangsverein. Er drehte den Kopf in die Richtung, aus der sie gekommen war. Eine Freude, wie er sie seit der Rückkehr an die Front nicht mehr verspürt hatte, durchströmte ihn. Es war tatsächlich Hubert! Er hatte es also wirklich geschafft, zur Marine zu kommen, und war jetzt Mitglied der Mannschaft. Mühsam bahnte er sich einen Weg durch die Menschenmasse. Beide kämpften gegen Tränen, als sie sich um den Hals fielen. In kurzen Worten schilderte Karl sein Dilemma: Er durfte auf keinen Fall einem Arzt in die Hände fallen und untersucht werden. Dieser würde sofort bemerken, dass er nur simuliert hatte und dass mit seinem Herzen alles in Ordnung war. Er brauchte unbedingt ein sicheres Versteck. Hubert überlegte kurz, dann sagte er leise zu ihm: „Komm mit, aber lauf nicht direkt hinter mir. Wenn dich jemand entdeckt, ich habe dich hier nie gesehen, sonst muss ich als Fluchthelfer auch noch dran glauben. Ich kann dir auch nichts zu essen oder trinken besorgen."

Sie zwängten sich durch die Flüchtlinge, die in Gängen und Laderäumen lagen, saßen und standen, vorbei an Frauen, Männern, Kindern, gebrechlichen Alten und schwer verletzten Soldaten, die schlafend, ohnmächtig oder vor Schmerzen stöhnend auf behelfsmäßigen Lagern ruhten. Der Gestank nach Blut, Schweiß und Exkrementen war teilweise fast unerträglich. Sie gelangten zu einer Kammer neben dem Maschinenraum, in dem Kohlen gelagert wurden. Keiner schien Notiz davon zu nehmen, dass Karl darin verschwand.

Er tastete sich einen winzigen Gang entlang, bis er an eine Wand gelangte, bildete aus den Kohlen eine Art Sitz und ließ sich darauf nieder. Es war warm und stickig. Von irgendwo, vermutlich durch Ritzen, drang Rauch in den Raum. Seine Augen brannten und tränten, im Hals verspürte er einen leichten Hustenreiz. Bald war er jedoch eingenickt. Er hatte die Nächte zuvor nur wenig geschlafen, auch war die Luft zu erhitzt und zu sauerstoffarm. Er träumte von Gretel, seiner Frau, wie sie die Hochzeitstorte anschnitt, die seine Schwiegermutter, Wirtin des Gasthofs Ochsen in Vögisheim, herbeigezaubert hatte. Er rätselte im Traum erneut, wie es ihr gelungen war, die Zutaten zu bekommen, um Marzipan herzustellen, aus dem sie zwei ineinander greifende Ringe geformt hatte, die die Torte verziert hatten. Er schlief sehr unruhig und wachte immer wieder auf. Einmal vernahm er ganz in seiner Nähe ein Rascheln. Vermutlich waren es Ratten oder Mäuse. Eine Ratte lief ihm über den Kopf, aber es ekelte ihn nicht mehr. Auch sie war nur ein Geschöpf, das überleben wollte. Die angenehmen Träume wichen Albträumen. Er sah fahnenflüchtige Soldaten an schnell errichteten Gerüsten hängen, selbst den einen oder anderen Orden konnte er erkennen. Er zog nochmals an toten Zivilisten vorbei, die erschöpft zusammengebrochen oder von Flugzeugen aus erschossen worden waren, die

Augen zum Teil weit aufgerissen, eine junge Frau hatte einen Säugling an sich gepresst. Er schreckte schweißgebadet auf, als er davon träumte, sich nicht mehr über Wasser halten zu können, in die Tiefen der Ostsee zu sinken und keine Luft mehr zu bekommen. Er hatte keine Vorstellung davon, wie lange er sich in diesem Zustand von Schlafen, Dämmern und kurzen Wachphasen befunden hatte oder wie viel Zeit vergangen war, ob es Tag oder Nacht war. Hunger und Durst wurden immer unerträglicher, die Luft war zum Schneiden dick, und es war unerträglich heiß. Die Maschinen nebenan liefen auf Hochtouren und ließen die Kammer zur Sauna werden. Er fühlte sich hundeelend, ihm war übel, und er befürchtete, sich jeden Moment übergeben zu müssen. Auch quälte ihn der Gedanke, dass das Schiff von einer Bombe getroffen werden könnte. Er würde es nicht schnell genug verlassen können und mit ihm untergehen. Sein Fluchtraum war zur Folterkammer geworden. Er sah nur noch einen Ausweg, sich dem Schiffsführer zu stellen, auf Gnade zu hoffen und nicht sofort als Deserteur verurteilt und erschossen zu werden. Er tastete sich zum Ausgang, bemüht nicht über Kohlehaufen, Eimer und andere Utensilien zu stolpern und öffnete vorsichtig die Tür. Erneut zwängte er sich an dicht stehenden, liegenden und sitzenden Menschen vorbei. Zum Gestank nach

Blut, Schweiß und Exkrementen war der von Erbrochenem hinzugekommen.

Karl hätte rückblickend nicht sagen können, wie er den Weg zum Kapitän gefunden hatte. Dieser schwieg außergewöhnlich lange, nachdem sich Karl vorgestellt und als blinder Passagier, als Soldat auf der Flucht zu erkennen gegeben hatte. Die braunen Augen des Kapitäns blickten Karl traurig an. Karl wunderte sich später darüber, welche Details ihm im Gedächtnis geblieben waren. Er hatte nie zuvor einen Mann mit solch ausdrucksstarken braunen Augen und solch hellblonden Locken gesehen. Die silberne Nickelbrille verlieh dem Befehlshaber, der seine Mütze abgesetzt hatte, die Aura eines Hochschullehrers. Seine Stirn legte sich in Falten, er holte tief Luft, bevor er für einen Mann in seiner Position mit außergewöhnlich leiser Stimme, die den bayrischen Tonfall nicht ganz verbergen konnte, sagte: „Es tut mir leid, ich muss sie wegen Fahnenflucht erschießen". Karl verspürte in diesem Moment keine Furcht, eher Erleichterung, dass der Kampf zu Ende war und er zur Ruhe kommen würde. Gedanken an seine geliebte Gretel, seine Verwandten und Freunde verdrängte er völlig. Nur Sekunden, nachdem der Kapitän das Todesurteil gesprochen hatte, stürmte ein Matrose herein. Er versuchte, sich seine Freude nicht anmerken zu lassen, aber sie sprach aus seinen leuchtenden Augen, den kleinen Augenfalten, und um seine Mundwinkel war ein leichtes Lächeln zu sehen. „Kapitän, eine dringende Meldung", platze er heraus. Er wartete nicht, bis dieser ihn aufforderte, weiterzusprechen, sondern fuhr fort: „Deutschland hat kapituliert!"

Im ersten Moment sagte niemand etwas. „Abtreten!" befahl der Kapitän an Karl gewandt, und als dieser die Tür schließen wollte, fügte er hinzu: „Lassen sie sich vom Koch etwas zu essen und trinken geben!"

Kapitel 9: **Gefangenschaft**

Karl fand sich in einer großen Menge von deutschen Kriegsgefangenen wieder, die der englischen Besatzungsmacht übergeben worden waren. An Bord war alles sehr schnell gegangen. Er hatte nur noch hastig sein Essen herunterschlingen können, das ihm der Koch auf Anweisung des Kapitäns gegeben hatte, dann hatte das Schiff den Kieler Hafen erreicht. Noch immer konnte Karl sein Glück nicht fassen, dass er dem Tod in letzter Minute von der Schippe gesprungen war. Er war erleichtert, sich im britischen Sektor zu befinden und nicht den Russen in die Hände gefallen zu sein, die ihn vermutlich ins ferne Sibirien verschleppt hätten. Nachdem, was ihm zu Ohren gekommen war, herrschten dort die schlimmsten Zustände. Die deutschen Soldaten hungerten, schufteten in Bergwerken, und ein Großteil würde die Heimat wahrscheinlich nie wieder sehen. Die Russen rächten an ihren Gefangenen, was die deutsche Wehrmacht ihrem Volk angetan hatte. Ein Kamerad hatte einen Freund verloren, der sich aus Verzweiflung, in ein sowjetisches Lager gebracht zu werden, das Leben genommen hatte.

Karl blickte um sich und hoffte, ein bekanntes Gesicht zu entdecken. Die Menge war riesig, es mussten hunderte deutsche Soldaten sein. Er hörte die verschiedensten Dialekte, auch waren fast alle Altersgruppen und Dienstgrade vertreten. Er sah sogar Mitglieder ostpreußischer Polizeiverbände und der Königsberger Feuerwehr. Es war unklar, was die Tommys, wie sie die englischen Soldaten nannten, mit ihnen vorhatten. Es kursierten die wildesten Gerüchte. Eines besagte, dass alle Jugendlichen sofort entlassen werden sollten, ein anderes, dass die Rote Armee einen Teil des eroberten Gebietes wieder verlassen und sich hinter die Weichsel zurückgezogen habe. Karl blieb nicht viel Zeit, sich Gedanken über diese Mutmaßungen zu machen. Die Engländer wollten rasch aufbrechen und teilten die Gefangenen in Gruppen, sogenannten Kolonnen, auf. Als sie an einem kleinen Vorortbahnhof vorbeikamen, hoffte Karl, wenigstens ein Stück mit dem Zug fahren zu können, wurde aber enttäuscht, als ihnen ein Fußmarsch von 30 km angekündigt wurde. Die Vorstellung, so weit laufen zu müssen, ließ ihn fast verzweifeln. Er fühlte sich völlig kraftlos, war todmüde, die Stiefel malträtierten seine Blasen, ihm war schwindlig, und hinter seiner Stirn verspürte er leichte Kopfschmerzen. Aber er riss sich zusammen und marschierte weiter.

Die erste Etappe führte sie durch Kiel. Er war geschockt, als er das Ausmaß der Zerstörungen erblickte. Sah seine Heimatstadt Stuttgart auch so aus? Würde das Leben je wieder hierher zurückkehren? Die großen Straßen waren bereits frei geräumt, am Rand der Fahrwege und in den Gassen packten die Bewohner mit bloßen Händen Schutt auf Handkarren und Leiterwagen, Kinder spielten Verstecken hinter Mauerresten. Karl kam an Bombentrichtern, ausgebrannten Autos und Fuhrwerken, Trümmerbergen, verbrannten Baumstümpfen und Ruinen, die kaum noch an Häuser erinnerten, vorbei. Nur wenige der Frauen, die versuchten, Ordnung in dieses Chaos zu bringen, erwiderten den Gruß der vorbeiziehenden Soldaten. Er rätselte, was der Grund dafür sein könnte. Eine Gefahr ging von ihm und seinen Kameraden nicht aus, auch wurden sie nicht von russischen Soldaten begleitet, denen der Ruf vorauseilte, deutsche Frauen brutal zu vergewaltigen.

Zu Beginn marschierten die Gefangenen in Reih und Glied, als ob sie die Disziplin und Marschordnung verinnerlicht hätten. Nach etwa fünf Kilometern fiel Karls Kolonne jedoch in kleine Gruppen auseinander. Es erinnerte ihn an seine Wanderungen im Schwarzwald, die er hin und wieder mit seinem Gesangsverein unternommen hatte. Mit dem Unterschied, dass er es damals gewesen war, der voraus gelaufen war, jetzt gehörte er zu den Letzten.

Immer mehr Kameraden ließen Gepäckstücke am Wegesrand liegen. Er selbst trug kaum noch etwas bei sich, das meiste hatte er zurückgelassen, als er sich entschlossen hatte, durch die Ostsee zu schwimmen. Andere legten Pausen ein, wurden aber von den englischen Soldaten mit „Go on" zum Weiterlaufen aufgefordert, die ganz Langsamen wurden gedrängt, schneller zu gehen. Besondere Freude schien es den Tommys zu bereiten, Offiziere zu ermahnen, eine schnellere Gangart einzulegen. Auch sie hatten ihr zum Teil recht großes Gepäck nicht auf einem der Begleitfahrzeuge ablegen können. Den Engländern war die Schadenfreude ins Gesicht geschrieben. Die deutschen Befehlshaber machten den Eindruck, als ob sie es nicht bemerkten.

Karls leichte Kopfschmerzen waren zu einem starken Pochen unter der linken Schädeldecke geworden. Er litt unter Seitenstechen, die Träger des Rucksacks schnitten schmerzhaft in seine Schultern. Seine Augen brannten und tränten, der Wind hatte den Trümmerstaub aufgewirbelt, der in seine Augen gedrungen war. Seine Füße schleiften fast am Boden, immer häufiger drohte das rechte Knie nachzugeben. Er sehnte sich danach, sich wenigsten ein paar Minuten hinzusetzen und auszuruhen, wollte aber nicht von den Engländern aufgescheucht werden.

Nach einiger Zeit zeigten sich die Tommys niederen Rängen und besonders älteren Semestern gegenüber nachsichtiger. Einfachen Soldaten, die nicht mehr lange würde durchhalten können, gestatteten sie, das Gepäck auf die Begleit-LKWs zu laden. Auch befahlen sie immer häufiger, Pausen einzulegen, damit die Schwachen wieder etwas zu Kräften kamen. Manch jüngerem Soldaten gefiel dies überhaupt nicht, sie wären am liebsten direkt zum Übernachtungsplatz weiter gelaufen, aber ihr Drängen stieß bei den Briten auf taube Ohren.

Nachdem sie Kiel verlassen hatten, sahen sie kaum noch Zivilisten, und als sie durch Dörfer kamen, schienen sich diese nicht aus den Häusern zu wagen. Die wenigen, die sich blicken ließen, erwiderten die Grüße der Soldaten nicht. Immer mehr Gefangene entledigten sich Teile ihres Gepäcks. Am Rande des Weges sammelten sich Mäntel, Decken, Wäscheteile, Bücher, Feldstecher und vieles mehr. Als Karl einen Blick zurückwarf, sah er, wie die Bevölkerung der nahe gelegenen Häuser zu diesem Sammelsurium rannte und die Gegenstände aufsammelte. Nach ein paar Kilometern verhielten sich die Bewohner offener ihnen gegenüber. Die Menschen auf dem Land waren nicht so stark vom Krieg betroffen. Sie boten ihnen Wasser und zum Teil sogar Kaffee und Brot an.

Gegen Mittag verordneten die Briten eine etwa einstündige Rast. Als Karl sah, was sie verzehrten, lief ihm das Wasser im Mund zusammen. Sie aßen vor allem Büchsenfleisch, das sie Cornedbeef nannten. Andere stärkten sich mit Weißbrot und Marmelade. Ein Mitgefangener gab ihm von seinem Proviant ab. Er freute sich darüber, auch wenn es sich nur um trockenes Graubrot und etwas versalzenen Speck handelte. Er war so erschöpft, dass er nach dem Essen sofort einschlief, wurde aber bald mit dem inzwischen allzu bekannten „Go on" aus dem Schlaf gerissen. Er hatte Mühe, die Augen offen zu halten und stolperte immer häufiger. Plötzlich schien sich alles um ihn herum zu drehen, er sah kleine, helle Punkte, dann wurde ihm schwarz vor Augen. Er sank auf die Knie und konnte sich gerade noch mit den Händen abstützen, um nicht der Länge nach auf den Boden zu fallen. Kleine Steinchen schnitten schmerzhaft in seine Haut. Ein Junge aus dem Volkssturm drehte sich um, lief auf ihn zu und half ihm auf. Nun erlaubten es die Engländer ihm und den anderen, die nicht mehr Schritt halten konnten, die letzten Kilometer bis zum Übernachtungsplatz auf einem LKW mitzufahren.

Das Quartier befand sich in einem Weiler, der vor allem aus Bauernhöfen bestand. Bewacher kümmerten sich um die Verpflegung. Karl bewunderte ihr unkompliziertes Vorgehen. Die Gefangenen wurden in Gruppen aufgeteilt, die einzelne auswählten, die den Proviant, bestehend aus Büchsenfleisch, Brot und Keksen, abholten. Nach dem Abendessen bekam Karl zusammen mit etwa 25 Mitgefangenen einen Schlafplatz auf dem Heuboden einer Scheune zugewiesen. Das Anwesen wurde die ganze Nacht über mit Scheinwerfern erleuchtet und die Scheune bewacht. Dennoch wirkte es nicht, als sei es besonders schwierig, zu entkommen. Er wusste jedoch nicht, was im Land um ihn herum vorging, weshalb ihm eine Flucht zu diesem Zeitpunkt zu riskant war. Auch wollte er sich nicht ausmalen, was mit ihm geschehen würde, sollte er erwischt werden. Er fragte sich, was aus dem Kameraden geworden war, der während der Mittagsrast von den Briten unbemerkt in einem nahe gelegenen Haus verschwunden war. Dieser hatte den Zeitpunkt seiner Flucht gut gewählt. Karl hatte nicht gleich erkennen können, wodurch die Tommys abgelenkt worden waren, bis ihn ein Kamerad darauf hingewiesen hatte, dass einer der Mitgefangenen ohnmächtig zu Boden gesunken war. Es hatte sich eine kleine Gruppe um den Kraftlosen versammelt, der nur langsam wieder zu Bewusstsein gekommen und gestützt von zwei Kameraden aufgestanden war. Er hatte in diesem den Soldaten erkannt, der sich während des Marsches mit dem, der gerade im Haus verschwunden war, unterhalten hatte. Karl hoffte, später, wenn er genügend Informationen über seine Umgebung und die politische Lage besaß, eine Möglichkeit zur Flucht zu finden. Im Moment genoss er das Gefühl, ausreichend gegessen zu haben, weich im Stroh zu liegen und keine Angst mehr haben zu müssen, von Bombern, U-Booten, Kampfschnellbooten oder Flugzeugen angegriffen und getötet zu werden.

Am nächsten Morgen stand ihm und seinen Mitgefangenen erneut ein Marsch bevor. Die Strecke war mit 25 Kilometern ein wenig kürzer als am Vortag. In den kühlen Morgenstunden konnte er gut Schritt halten. Als die Sonne höher stieg, brannte sie ihm jedoch auf den Kopf. Die Kopfschmerzen kehrten als klopfendes Pochen über dem rechten Auge zurück und wurden mit jedem Schritt heftiger. Inzwischen taten ihm auch die Oberschenkel weh, die Stiefel hingen wie Gewichte an seinen Füßen. Einigen Kameraden fiel das Marschieren ebenfalls schwer. Immer wieder wurde Gepäck am Wegesrand zurückgelassen. Er frage sich, ob sie es in der Gefangenschaft nicht brauchen würden. Er selbst hatte nichts mehr, was er hätte liegen lassen können. Erneut wurde ihm schwindlig. Er atmete bewusst tief ein und aus, um nicht ohnmächtig zu werden und konzentrierte sich auf jeden Schritt. Dennoch schwankte er bald wie ein Betrunkener. Ein Kamerad konnte ihn gerade noch am Arm festhalten, bevor er stürzte. Nun erlaubten es ihm die Tommys, die letzten Kilometer auf einem LKW mitzufahren.

Am späten Nachmittag kamen sie an ihrem Bestimmungsort an. Ein Offizier, der sein linkes steifes Bein nachzog, hinkte an den Reihen vorbei und schrie in gebrochenem Deutsch: „Wertsachen, alles abgeben!"

Karl hätte nur schwer erklären können, weshalb er das Risiko einging. Er war fest entschlossen, Uhr und Ehering zu behalten. Sie hatten ihn den ganzen Krieg über begleitet, ihr Wert ging weit über den Handelspreis hinaus. Vielleicht waren sie eine Art Talisman geworden. Die Gefangenen mussten sich bis auf die Unterhose ausziehen. Alles wurde gründlich durchsucht. Karl stand in einem großen Zelt als Zweitletzter am Ende einer langen Reihe. Er setzte sich auf den Boden, zog langsam Stiefel und Strümpfe aus und beobachtete, wie der Tommy einen Kameraden nach dem anderen filzte. Er schien sich endlos Zeit für jeden einzelnen zu nehmen. Als ihm ein anderer Engländer etwas zurief, drehte er sich zu diesem um und wandte Karl den Rücken zu. Schnell nahm er Ring und Uhr aus seiner Gesäßtasche und steckte sie in seine Strümpfe. Dann kleidete er sich weiter aus, legte Kleidungsstücke und Rucksack darüber. Obwohl er nur noch seine Unterhose anhatte, war ihm schrecklich heiß. Immer wieder wischte er sich mit dem Handrücken den Schweiß von der Stirn. Je näher der Kontrolleur kam, desto mehr stieg seine Anspannung. Er verspürte einen dicken Kloß im Hals, das Atmen fiel ihm schwer. Er biss die Zähne so stark zusammen, dass ihm das Kiefergelenk wehtat. Der spärliche Inhalt seines Rucksacks landete am Boden und war schnell durchsucht. Dann nahm sich der Soldat Uniformhose und –jacke vor, tastete sie auf eingenähte Gegenstände ab, drehte die Taschen nach außen und schüttelte die Teile. Es fielen lediglich zwei Taschentücher heraus. Als nur noch die blutverklebten, verschwitzten und verdreckten Socken übrig blieben, hielt Karl den Druck kaum noch aus. Es schnürte ihm fast den Hals zu, das Innere seines Brustkorbs zog sich zusammen, und eine starke Hand schien sein Herz zu umklammern. Sein Kopf glühte. Er meinte, das Ticken seiner Uhr zu hören, war sich aber nicht sicher, ob das überhaupt möglich war. Der Soldat rümpfte die Nase, seine Stirn legte sich in Falten, als er die Strümpfe genauer unter die Lupe nehmen sollte. Er war sichtlich angeekelt und wich ein wenig zurück, als fürchte er, die Socken seien kontaminiert und könnten die Pest auf ihn übertragen. Freude blitzte in seinen Augen auf, als er ein Stöckchen am Boden erblickte. Er hob es auf und wich noch ein wenig weiter zurück. Vorsichtig schob er den Stecken in eine Socke und hob sie damit ganz langsam, wie in Zeitlupe, minimal in die Höhe, verharrte wenige Sekunden in dieser Position, schwenkte leicht nach links, zog das Stäbchen heraus und ließ den Strumpf auf die Hose fallen. Er hatte gerade den zweiten Socken, in dem die Uhr versteckt war, mit dem Stecken leicht angehoben, als vor dem Zelt ein Schuss fiel. Er ließ alles fallen, rannte hinaus, blieb kurz stehen, blickte um sich und kehrte zurück. Er nickte Karl zu und gab ihm zu verstehen, dass er sich wieder anziehen könne. Dieser bemühte sich, möglichst gleichgültig zu wirken und sich die Erleichterung nicht anmerken zu lassen. Er kleidete sich nicht zu schnell, aber auch nicht zu langsam an. Er befürchtete noch immer, durch seine Haltung, seine Mimik oder seine Bewegungen aufzufallen. Diese Sorge war jedoch völlig unbegründet. Der Brite hatte war schon mit dem nächsten Gefangenen beschäftigt. Als er ihm den Rücken zukehrte, nahm er Uhr und Ring aus den Socken und steckte sie in seine Hosentaschen.

Kapitel 10: **Im Lager**

Karl schaute sich um. Eine schwere Last fiel von ihm ab. Das Lager entsprach nicht im Entferntesten dem Gefängnis, das während des Marsches vor seinem inneren Auge entstanden war: keine Holzbaracken, kein Stacheldrahtzaun, keine Wachtürme, keine finster blickenden Soldaten, die das Gelände bewachten, keine großen, Zähne fletschenden Kampfhunde, die danach gierten, sich auf einen Flüchtenden zu stürzen. Er stand vor einer großen Scheune, in der er und zehn weitere Gefangene untergebracht werden sollten. Die Ausdünstungen des Misthaufens erinnerten ihn an seine Heimat, an den Hof seiner Schwiegermutter. Sie waren nichts im Vergleich zu dem Gestank von verbrannten oder verwesenden Körpern, dem er auf dem Schlachtfeld ausgesetzt gewesen war. Seine bessere Stimmung war nur von kurzer Dauer. Das ununterbrochene Bellen des Hofhundes, der nach vorne rannte, soweit es seine Kette erlaubte, zerrte an seinen Nerven. Er malte sich aus, was auf ihn zukommen könnte und geriet erneut unter Anspannung. Würde er in eines der Lager, das die Engländer an der Nordseeküste errichtet hatten, gebracht werden? Würden sie ihn schlimmen Befragungen aussetzen, vielleicht foltern, ihm die Nahrung verweigern? Vor dem Krieg war er nicht so empfindlich und dünnhäutig gewesen, auch hatte er nicht unter derart starken Stimmungsschwankungen gelitten. In einem Moment war er froh, sich in diesem Ort, auf diesem Bauernhof in relativer Freiheit zu befinden, im nächsten Moment wurde er von Heimweh und der Sehnsucht nach Gretel, seiner Familie und Freunden übermannt und hätte am liebsten geheult. Er sehnte sich danach, von seiner Frau in den Arm genommen, umschlungen und gehalten zu werden. Allein ihre Gegenwart wäre Balsam für seine Seele. Sie konnte ihn trösten, ohne viele Worte machen zu müssen. Die Ungewissheit, wie es seinen Eltern ging, quälte ihn. Hatten sie eine Unterkunft gefunden, nachdem ihr Haus zerbombt worden war? Hatten sie genügend zu essen? Ging es seinem Vater wieder besser? Litt er noch immer unter Hustenattacken? Auch wollte Karl seine Freiheit wieder haben, sich ungehindert bewegen, sich zurückziehen können, wenn ihm danach war und mit eigenen Augen sehen, wie es seinen Lieben ging. Er war so sehr in Gedanken versunken, dass er zusammenzuckte, als er plötzlich einen Befehl vernahm. Ein englischer Soldaten niedrigeren Ranges übersetzte die Anordnung eines Unteroffiziers in ziemlich holpriges Deutsch: „In 10 Minute alle versammeln vor Kirche, dort Informationen".

Langsam ging Karl zum Gotteshaus. Von allen Seiten kamen Kameraden herbei, und schnell hatte sich eine Gruppe von etwa hundert Gefangenen versammelt. Die Kirchturmuhr schlug drei Mal, als ein englischer Offizier einem Jeep entstieg. Begleitet wurde er von einer jungen Frau, gekleidet in einen für diese Jahreszeit viel zu dicken, braunen Wollmantel. Ihr Kopf war in ein grünes Tuch gehüllt, das den größten Teil ihres Pferdeschwanzes bedeckte. Mit ihren farblich perfekt auf den Mantel abgestimmten Stöckelschuhen bewegte sie sich etwas unsicher auf dem Kopfsteinpflaster. Beide stellten sich auf die oberste Stufe der Treppe, die zum Eingang der Kirche führte. Weitere Autos folgten. Die Tommys, alle mit einem Maschinengewehr bewaffnet, verteilten sich um die Gefangenen. Der Befehlshaber redete so leise, dass Karl ihn nicht hören konnte. Auch die Dolmetscherin sprach nicht laut genug. Karl hatte Mühe, die Anweisungen zu verstehen: „Sie befinden sich hier in der Gemeinde Schafstedt in Süd-Dithmarschen in der Nähe des Kaiser-Wilhelm-Kanals. Es ist verboten, die nahe dänische Grenze zu überschreiten oder den Kaiser-Wilhelm-Kanal zu überqueren. Dieser bildet die südliche Grenze. Wer dagegen verstößt, wird verhaftet."

„Das heißt, wir sind hier interniert", raunte ein Kamerad Karl zu. Dieser erwiderte: „Hätte schlimmer kommen können, viel schlimmer", atmete erleichtert aus und spürte, wie der innere Druck nachließ.

Die nächsten Tage verliefen recht ereignislos. Sie litten unter Langeweile, hatten zu wenig zu essen, und der Hunger wurde immer quälender. Sein Zahnfleisch blutete jetzt häufiger. Manchmal war er geradezu apathisch, oft lief er jedoch, von einer inneren Unruhe getrieben, ziellos auf dem Hof herum und war so wütend, dass er am liebsten alles kurz und klein geschlagen hätte. Ein paar Tage nach ihrer Ankunft gab es ausnahmsweise einmal mehr als genug zu essen. Der Erstgeborene der Bauersleute, bei denen sie untergebracht waren, feierte Hochzeit. Der ganze Weiler veranstaltete das reinste Schlachtfest. Die Reste von Wurst, Fleisch und Kartoffeln wurden an die Gefangenen verteilt. Es schmeckte köstlich. Selbst nachdem er mehr als satt war, konnte er nicht aufhören und griff immer wieder zu. Es dauerte nicht lange, bis er heftige Bauchkrämpfe bekam und das meiste erbrach.

Wenn der Hunger wieder einmal besonders schlimm war, die Sehnsucht nach Gretel, das Heimweh und Verlangen nach Freiheit ihn zu überwältigen drohten, malte er sich aus, was er tun würde, wenn er zu Hause wäre. Er summte die Lieder, die sie im Gesangsverein gesungen hatten, versuchte, sich auf Kleinigkeiten zu konzentrieren. Er lauschte dem Gezwitscher der Vögel oder beobachtete Eichhörnchen, die hintereinander den Baum hinauf jagten. Hin und wieder gab es aber auch schöne Momente, zum Beispiel als ein Kamerad die Nachricht erhalten hatte, dass er Vater geworden war. Ein Mitgefangener hatte es auf wundersame Weise geschafft, eine Flasche Sekt zu besorgen. Es reichte nur zu einem Schluck für jeden. Dennoch fühlte Karl sich danach beschwingt und leicht. Er war sich sicher, dass er bald nach Hause kommen würde, auch wenn er nicht wusste, wie er dies bewerkstelligen könnte.

Karl wusste nicht, von wem die Fotos stammten oder wer sie ins Lager gebracht hatte. Eines Tages waren sie aufgetaucht, Bilder von KZs, deren Insassen von den Amerikanern befreit worden waren: völlig abgemagerte, zerlumpte Gestalten, die nur noch ein Schatten ihrer selbst waren, ihr Blick leer, als ob alles Leben aus ihnen gewichen sei. Berge von Leichen, Haufen von Brillen, Haaren, Koffern und Kleidungsstücken mit aufge-

nähten Judensternen, mehrstöckige Holzprit-
schen, eine Durchfahrt für Züge, Krematori-
ums-Öfen und Gaskammern. Nie zuvor, nicht
einmal in seinen schlimmsten Kriegstagen,
hatte er solch entsetzliche Bilder gesehen,
und noch nie hatte ihn eine derartige tiefe
Verzweiflung, Trauer und Hoffnungslosigkeit
erfasst. Sollte er tatsächlich für ein Regime
gekämpft haben, das unschuldigen Männern,
Frauen und sogar Kindern dieses unvorstell-
bare Leid zugefügt hatte? Angst, Schmerz
und Verzweiflung sprach aus den Augen dieser Menschen. Wer waren diese Leute? Was
hatten sie getan? Woher kamen sie? Warum
war ihnen das angetan worden? Auch wenn
der Krieg noch so sehr gewütet hatte, Kampf-
bomber über ihn hinweg gedonnert waren,
ihm die Kugeln um die Ohren gepfiffen hatten, wenn der Leichengestank unerträglich
geworden war, hatte er immer noch einen
Funken Hoffnung gehabt, diesem Grauen zu
entkommen. Den Menschen auf den Fotos
war dies nicht vergönnt gewesen. Wie groß
musste ihr Leid in diesem unvorstellbaren
Albtraum gewesen sein, in der Gewissheit,
dass sie ihm nicht würden entkommen können? Eine schwere Last legte sich auf seine
Seele. Obwohl die Sonne vom Himmel strahlte und nur wenige Wolken zu sehen waren,
kam es ihm vor, als habe sich der Himmel
verdunkelt und als liege das Land unter
schweren, schwarzen Regenwolken. Plötzlich

erinnerte er sich wieder. Davon hatte Gretel sprechen wollen, als er auf Heimaturlaub war. Sie hatte heimlich „Feindsender" gehört. Einmal im Monat sprach Thomas Mann, der nach Kalifornien ins Exil gegangen war, im britischen Sender BBC. Seine Berichte über die systematische Verfolgung und Ermordung der Juden hatten sie sehr beunruhigt. Er war ihr ins Wort gefallen, hatte sie nicht ausreden lassen und darauf bestanden, seinen kurzen Urlaub genießen zu wollen. Irgendwie hatte er es bis zum Anblick dieser Fotos geschafft, die Botschaft, die sie ihm zu vermitteln versucht hatte, zu verdrängen. Er hatte auch wieder ihren enttäuschten Gesichtsausdruck vor Augen, über den er damals nicht hatte nachdenken wollen. Sie hatte das Thema nie wieder angesprochen. Er fühlte sich noch elender, als ihm bewusst wurde, wie sehr er Gretel verletzt hatte und dass er sie in ihrer Sorge allein gelassen hatte. Dabei hätte doch gerade er, ihr Mann, ihr beistehen und wenigstens zuhören sollen. Er kam sich klein und schäbig vor. Er hatte zuvor nie in diesem Ausmaß an sich gezweifelt. Wie war es möglich gewesen, dass er dem Hitlerregime so unkritisch gegenübergestanden hatte und die Gräueltaten nicht hatte wahrnehmen wollen? Unvermittelt und ohne, dass er es sich hätte genau erklären können, musste er an Fritz, einen Bekannten aus dem Gesangsverein, denken. Fritz mit seiner großen, kräftigen Figur, den blauen Augen und dunkelblonden Haaren. Er sah aus wie ein Zwillingsbruder des Schauspielers Curd Jürgens. Er hatte Fritz für einen sehr guten Selbstdarsteller gehalten. Er war immer zu Scherzen aufgelegt, wirkte sehr oberflächlich. Karl war immer neidisch auf ihn gewesen, weil er die Frauen leicht um den Finger wickeln konnte. Er hatte über dessen Gruß „Heil Hitler und Grüß Gott für Andersgläubige" nie weiter nachgedacht, hatte ihn höchstens für einen von Fritz Albernheiten gehalten. Aber nun fragte er sich, ob er ihn nicht völlig falsch eingeschätzt hatte. Es hatte Mut zu solch einem Ausspruch gehört, denn man hatte nie sicher sein können, ob man nicht angeschwärzt werden würde. Wahrscheinlich hatte Fritz dem Regime weitaus kritischer gegenüber gestanden als er selbst. Nach und nach kehrten immer mehr Erinnerungen zurück. Sein Schwager Hans hatte ihm von seinem Verdacht erzählt, dass Gretel Menschen zur Flucht in die Schweiz verhelfe. Um wen es sich dabei handelte, hatte er nicht sagen können. Karl hatte dies als völlig unsinnig zurückgewiesen. Er hatte sich mit dem Gedanken beruhigt, dass das nicht sein könne, dass sie sich niemals in solch eine Gefahr begeben würde. Und wenn sie es doch getan hatte? Vielleicht hatte Hans Recht gehabt. Gretel war eines Morgens, als er auf Heimaturlaub war, in aller Herrgottsfrühe aufgestanden. Sie hatte angegeben, ihre Freundin

Hedwig, die auf der Durchreise sei, in Basel treffen zu wollen. Eine Bekannte aus dem Nachbardorf, die dringend in die Schweiz reisen müsse, hätte ihr eine Mitfahrgelegenheit angeboten. Er hatte nie zuvor etwas von einer Hedwig gehört, war aber schon wieder so sehr mit der Tatsache beschäftigt, dass er am übernächsten Tag in den Krieg zurückkehren musste, dass er nicht weiter darüber nachgedacht hatte. Er fragte sich, ob er Gretel überhaupt wirklich kannte. Vielleicht hatte er es sich zu einfach gemacht, hatte zu wenig versucht, sie zu verstehen und die verschiedenen Facetten ihrer Persönlichkeit wahrzunehmen. Er liebte ihre Fröhlichkeit und Unbeschwertheit, ihr spontanes Handeln, ohne sich groß Gedanken über die Folgen zu machen. Sie setzte sich für andere ein, packte mit an, wenn jemand Hilfe brauchte. So half sie einmal einer kranken Nachbarin, kochte für sie, kümmerte sich um deren Kinder, obwohl sie in der Gastwirtschaft ihrer Mutter alle Hände voll zu tun hatte. Sie hatte die Wahrheit, was die Politik des Deutschen Reichs betraf, nicht verdrängt. Der Gedanke daran, dass sie ihr Leben für andere aufs Spiel setzte, erfüllte ihn mit Stolz, machte ihm aber auch Angst. Er wollte sie auf keinen Fall verlieren. Sie war die Liebe seines Lebens. Schon als er sie zum ersten Mal gesehen hatte, als sie im Wirtshaus ihrer Mutter die Gäste bedient hatte, war ihm klar gewesen, dass sie seine Frau werden würde. Zu seiner Liebe waren nun noch Wertschätzung und Hochachtung dazu gekommen. Auch sah er jetzt die Tatsache, dass Hitlerdeutschland kapituliert hatte, in einem anderen Licht. Aus einem Regime, das unschuldigen Menschen solch unvorstellbares Leid zugefügt hatte, hätte nur Böses wachsen können. Die Alliierten - zumindest die Westmächte, von den Sowjets hatte er zu viel Schlimmes gehört – waren nicht mehr nur Gegner, sondern auch Befreier.

Nicht jeder Gefangene reagierte wie Karl. Manch einer hielt die Fotos für Fälschungen, für Propaganda der Alliierten, die das untergegangene Deutsche Reich in ein möglichst schlechtes Licht setzen wollten. Einige standen vermutlich noch zu sehr unter dem Einfluss der nationalsozialistischen Parolen, sodass sie nicht glauben konnten, dass ihre eigenen Landsleute solche Verbrechen begangen hatten. Wieder andere wollten sich nicht mit den Fotos der KZs auseinandersetzen, weigerten sich, sie auch nur anzuschauen. Manche waren zu sehr in ihrer eigenen Not gefangen, drohten an dem Schmerz, Angehörige verloren zu haben oder an dem, was ihnen im Krieg widerfahren war, zu zerbrechen. Viele litten besonders unter der Erkenntnis, dass die Opfer, die sie selbst und die Zivilbevölkerung gebracht hatten, umsonst gewesen waren. Manche rechneten die Leichen der KZs mit den Todesopfern nach der Bombardierung Dresdens auf.

Kapitel 11: **Lageralltag**

Dunkle Regenwolken bedeckten den Himmel. Durch eine kleine Lücke schickte die Sonne einen Halbkranz aus weißen Strahlen auf die Erde. Aber kaum einer der Gefangenen hatte einen Blick für solche Naturphänomene, am allerwenigsten die Kartenspieler. Das Glücksspiel war ein beliebtes Mittel geworden, sich die Zeit zu vertreiben. Nach der Konfrontation mit den Gräuelbildern der KZs hatte es sich für einige fast bis zur Sucht gesteigert. Karl hatte nie Karten gespielt, und besonders Glücksspiele waren ihm verhasst. Als er noch zur Schule gegangen war, hatte er mitbekommen, wie ein Nachbar sein gesamtes Vermögen im Spielkasino in Baden-Baden verloren und sich daraufhin das Leben genommen hatte. Nie würde er vergessen, wie verzweifelt dessen Frau und Kinder gewesen waren. Das jüngste Kind hatte bei der Beerdigung nicht aufhören können zu weinen, die Mutter war im Schmerz erstarrt und hatte ihm nicht helfen können. Damals hatte er sich geschworen, nie auch nur einen Pfennig im Glücksspiel zu riskieren. Einige seiner Kameraden dagegen setzten ihr ganzes restliches Geld ein in der Überzeugung, dass die Reichsmark wertlos geworden war. Nach Möglichkeit machte Karl einen Bogen um diese Kameraden. Einer schoss immer wieder abrupt in die Höhe, warf den Stuhl um, knallte die Karten auf den Tisch. „Scheiß Spiel" war einer seiner harmlosen Ausrufe. Ein Mitspieler versetzte ihm dann jedes Mal einen seitlichen Schlag in die Rippenknochen. Ein anderer schlug seinem Nachbarn auf den Oberschenkel, die übrigen stießen laute Lachsalven aus. Der Lärm und das Fluchen taten Karl fast körperlich weh. Er wurde so wütend, dass er die Zocker am liebsten am Kragen gepackt, den Tisch umgeworfen und die Karten zerrissen hätte. Warum mussten sie so ungestüm sein, sich so albern und kindisch aufführen? Er musste sich zwingen, sich zurückhalten und lief langsam weiter. Nach ein paar Schritten wurde ihm klar, dass ihm nicht nur die Lautstärke der Zurufe und des Gelächters auf die Nerven ging. Er beneidete seine Kameraden darum, in die Welt des Spiels abtauchen und dem Elend und der Langeweile der Gefangenschaft eine Zeitlang entfliehen zu können. In solchen Momenten wurde seine Sehnsucht nach Freiheit, danach, Gretel endlich wiederzusehen, fast unerträglich.

Aber nicht nur die Lautstärke seiner Mitgefangenen machte ihm zu schaffen. Er litt unter ihrer Rücksichtslosigkeit, Anstand war für sie ein Fremdwort. Sie rülpsten ungeniert, schlürften und schmatzen, wie er es selbst in den Kriegstagen nicht erlebt hatte. Nicht einmal ihre Fürze waren ihnen peinlich, wenn sie direkt neben ihm standen.

Eine weitere Möglichkeit, das Lagerleben etwas zu erleichtern, blieb ihm ebenfalls verwehrt: das Rauchen. Er sah keine Möglichkeit, an Tabak zu kommen. Genügend Geld hatte er nicht mehr und auch keine Wertgegenstände, die er hätte eintauschen können. Uhr und Ehering wollte er nicht hergeben. Die Stummel, die die Bewacher weggeworfen hatten und an denen Dreck und womöglich der Kot der Kühe oder Schweine klebte, kamen für ihn sowieso nicht in Frage. Was er sah, erfüllte ihn geradezu mit Ekel. Schmiss einer der Engländer seine Kippe auf den Boden, stürzten sich mehrere Kameraden darauf. Nur mit Mühe gelang es den Aufsehern, Prügeleien zu verhindern. Es war demütigend und erniedrigend, sich auf den Abfall der Bewacher zu stürzen, die ihnen zum Teil mit offener Verachtung begegneten. Trotz oder vielleicht gerade wegen seines körperlichen Verfalls, dem fast nie gestillten Hunger, der Einsicht, dass ihre Opfer umsonst gewesen waren, wollte er wenigstens einen Rest Würde bewahren. Seinen Kameraden, die sich wie Tiere um ihre Beute um diese Stummel stritten, schien diese verloren gegangen zu sein. Es war ihnen gleichgültig, dass sich mancher

Bewacher einen Spaß daraus machte, einen Zigarettenrest wegzuwerfen. Die Engländer sahen grinsend zu, wie sich die Gefangenen wie Kinder darum balgten. Auch wenn es ihn nicht selbst betraf, verletzte ihn dieser hämische Gesichtsausdruck. Er hasste es, sich gegen diese Demütigungen nicht wehren zu können, fühlte sich hilflos, ausgeliefert und degradiert. Es gab auch Kameraden, die einen schwunghaften Handel mit Zigaretten und deren Überresten betrieben. Sie rauchten sie nicht selbst, sondern setzten sie als Tauschobjekt ein. In kurzer Zeit waren der Tabak und selbst die Stummel zu einem regelrechten Zahlungsmittel und zu einer eigenen Währung geworden. Die Enden waren so wertvoll, dass sie in drei Kategorien eingeteilt wurden: Kurz-, Mittel- und Langkippen.

Vor dem Krieg hatte Karl nie geraucht. Sein Großvater war starker Raucher gewesen, war jeden Morgen von lange anhaltenden Hustenattacken gepeinigt worden und im hohen Alter qualvoll an Lungenkrebs gestorben. Jetzt wünschte er jedoch, einen anderen Geschmack im Mund zu haben. Vielleicht würde das Nikotin auch das Hungergefühl etwas dämpfen.

Er wurde aufgrund der nicht ausreichenden Nahrung immer schwächer, oft wurde ihm schwarz vor Augen. Sein Gesichtsfeld engte sich dann langsam ein, und Geräusche nahm er nur noch gedämpft wahr. Einmal hatte er nichts mehr gesehen und hatte auf die erschrockenen Rufe seiner Kameraden „Karl, was ist los, hörst du uns?" erst nach Minuten antworten können. Er hatte jedoch hier in der Gefangenschaft nicht noch einmal völlig das Bewusstsein verloren. Karl und seine Kameraden sammelten Brennnesseln und stellten sich vor, es sei Spinat. Zu Beginn der Gefangenschaft hatte er die Scheibe Kommissbrot, die es zum Frühstück gegeben hatte, in kleine Stückchen zerbrochen und wie Bonbons gelutscht. Er unterließ dies aber, als das Brot immer feuchter wurde und er Durchfall und Magenkrämpfe bekam. Die Schmerzen waren kaum zu ertragen, und er wusste nicht mehr, welche Körperhaltung er einnehmen könnte, um diese besser auszuhalten. Trotz seiner Schwäche zwang er sich, umherzugehen, um wenigstens etwas fit zu bleiben.

Karl drehte sich auf seiner Pritsche vom Bauch auf den Rücken, vom Rücken auf den Bauch, von einer Seite auf die andere. Wie so oft, hatte er große Mühe, Schlaf zu finden. Vor dem Krieg hatte er nie Probleme gehabt, auch im größten Lärm innerhalb kürzester Zeit ein- und die ganze Nacht durchzuschlafen. Auch heute lief ein Kamerad unentwegt zwischen den Bettreihen auf und ab. Seine Schritte tönten noch lauter als in den Nächten zuvor. Mitgefangene baten ihn, damit aufzuhören, drohten, als er weiterlief, es ihm am nächsten Tag heimzuzahlen. Aber es half alles nichts. Es dauerte fast zwei Stunden, bis er sich endlich hinlegte.

Noch mehr litt Karl unter dem Stöhnen, Jammern und Weinen von Soldaten, die von Albträumen gequält wurden. Er hielt sich die Ohren zu, aber es brachte nicht viel. Er nahm die Geräusche nur noch gedämpft war, hörte jetzt aber seinen eigenen Pulsschlag. Auch war es zu anstrengend, sich auf längere Zeit die Ohren zuzudrücken. Das Schlimme war jedoch nicht der Geräuschpegel selbst. Die Klagen und Schreie erinnerten ihn an seine Ängste, die er im Schützengraben ausgestanden hatte und an die er nie wieder hatte denken wollen. Er hatte damals so sehr gezittert, dass er geschossen hatte, ohne auf etwas zu zielen. Anvisieren war allerdings sowieso kaum möglich gewesen, da er den Gegner nicht sehen, sondern nur erahnen konnte. Auch jetzt zog sich sein Innerstes zusammen, das Atmen fiel ihm schwer, und er hatte Mühe, gegen die aufkommende Panik anzukämpfen. Wieder wünschte er sich sehnlichst, einfach davon zu laufen, damals von den Schützengräben, der Front, den heranrückenden Panzern, dieses Mal von den laut stöhnenden Kameraden.

Als er endlich einnickte, war sein Schlaf nur von kurzer Dauer. Jemand, Karl erkannte zuerst nicht wer es war, riss seine Decke weg und schüttelte ihn mit großer Kraft. „Karl wach auf, wach auf, die Russen kommen, renn in den Schützengraben!"

Im ersten Moment glaubte er, wieder an der Front zu sein. „Karl beeil dich, hörst du denn die Schüsse nicht, steh auf, lauf, lauf!". „Sieh doch dort, die Mündungsfeuer, steh doch endlich auf!"

Um sie herum war es stockdunkel. Es dauerte ein paar Sekunden, bis er begriff, was vor sich ging. Sein Bettnachbar Waldemar war wieder von Albträumen geplagt worden und hatte Halluzinationen. Immer mehr Soldaten erwachten. „Ruhe endlich", „Hör auf, du spinnst", „Geh raus, tob dich draußen aus", „Der gehört ins Irrenhaus".

Kissen und Kleidungsstücke landeten auf Karls und Waldemars Pritschen. All dies verschlimmerte Waldemars Angst und Panik. Er packte Karls Arme mit einer Kraft, dass er vor Schmerz aufschrie. Waldemar, der Schöngeist mit seinen dunkelblonden Locken, den verschieden farbigen Augen und der Nickelbrille, der sich am liebsten in die Welt von Romanen flüchtete. Er hatte vor dem Krieg Kunstgeschichte studiert, begeisterte sich für alte Kirchen und Bilder. Er wirkte auf Karl, als habe sich eine Frauenseele in seinem Männerkörper verirrt. In solchen Nächten war er jedoch ein völlig anderer Mensch. Furcht und Schrecken hatten von ihm Besitz ergriffen. Nur langsam gelang es Karl, Waldemar in die Realität zurückzuholen. Er sprach leise und beruhigend auf ihn ein: „Es wird alles gut, beruhige dich, der Krieg ist vorbei".

Erschöpft legten sie sich wieder hin.

Waldemar war nicht der einzige, der von Schreckensbildern heimgesucht wurde. Hans-Werner gab Karl Rätsel auf. Er war fast ein Riese, mindestens einen Kopf größer als Karl. Er schien trotz der Hungerrationen noch immer vor Kraft zu strotzen. Mit seinen rotblonden Haaren, den vielen Sommersprossen und der Narbe an seiner Oberlippe war er eine Erscheinung, die man nicht so schnell vergaß. Karl unterhielt sich hin und wieder mit ihm. Er berichtete, dass er in manchen Nächten erwachte und glaubte, wieder in Stalingrad zu sein. Die Wände des Schlafsaals sahen dann aus wie die Häuserruinen, in denen er sich verschanzt hatte. Er meinte sogar, den Gestank nach verbranntem Fleisch zu riechen und die entsetzlichen Schmerzensschreie und das panische Wiehern der Pferde zu hören. In seinem Träumen sah er immer wieder, wie Frauen und Kinder als brennende Fackeln aus den Überresten der Häuser rannten. Aber auch am Tag drängten sich diese Szenen in sein Bewusstsein, ohne dass er etwas dagegen tun konnte. Sein Herz begann zu rasen, der Puls schnellte in die Höhe, als ob sich sein Körper auf einen Kampf vorbereitete. Karl fiel auf, dass Hans-Werner ständig in Alarmbereitschaft war und bei jedem Geräusch zusammenzuckte. Wenn der Hofhund bellte, zitterte er, konnte sich für Sekunden nicht bewegen und starrte gerade aus. Einmal hatte sich ihm nach der Essensausgabe, ohne dass er es bemerkt hatte, ein Kamerad genähert und ihn angesprochen. Hans-Werner war so sehr erschrocken, dass er sein Tablett fallen gelassen hatte und davon gerannt war. Aber auch auf andere Verhaltensweisen konnte sich Karl keinen Reim machen. Das eine Mal gelang es ihm kaum, seine Tränen zurückzuhalten, wenn er von Stalingrad erzählte. Seine Stimme vibrierte, die Lippen bebten, er sprach leise und stockend, war kaum zu verstehen, seine Hände verkrampften sich. Das andere Mal klang er wie ein Reporter, der aus der Distanz und völlig sachlich berichtete.

Noch viel mehr jedoch als das Verhalten Hans-Werners beschäftigte Karl der Befehl des englischen Lagerleiters. Er konnte nicht aufhören, darüber zu grübeln, weshalb dieser ihn für den nächsten Vormittag in sein Büro bestellt hatte. Er hatte nichts Unrechtes getan, war sich keiner Schuld bewusst, außer dass er seine Uhr und seinen Ehering versteckt und nicht abgegeben hatte. Er war sich aber so gut wie sicher, dass ihn niemand dabei beobachtet hatte. Oder machte er sich selbst etwas vor? Außerdem schienen auch andere Gefangene Wertgegenstände behalten zu haben. Wie hätten sie sonst an ihre Zigaretten kommen können? Dies war nur im Tausch gegen solche Dinge möglich.

In der Ferne krähte ein Hahn und bellte ein Hund, als Karl noch einmal einschlief. Bald schreckte er jedoch wieder auf. War der Traum ein böses Omen? In diesem hatte ihn der Kommandant, ohne dass ein Wort gefallen war, zum Misthaufen geführt, dort niederknien lassen und in den Kopf geschossen.

Kapitel 12: **Flucht**

Karl schlug das Buch auf, das ein Kamerad ihm geliehen hatte. Er las die ersten Sätze, las sie ein zweites, dann ein drittes Mal, versuchte, sich zu konzentrieren, aber es war ihm nicht möglich. Er legte es wieder beiseite. Was wollte der Lagerleiter? Warum hatte er ihn zu sich beordert? In einer Endlosschleife kreisten seine Gedanken um diese Fragen. Er fand keine Antwort.

Als er vor dessen Tür stand, atmete er tief ein, befahl, sich zusammenzureißen, versuchte, sich einzureden, dass es nicht so schlimm werden würde und klopfte.

„Herein", tönte die laute, tiefe Stimme des Befehlshabers.

„Nice to see you, setzen Sie sich", fuhr er in einer Mischung aus englisch und deutsch fort, als Karl eintrat.

Bevor er den Gruß erwidern konnte, erklärte ihm der Brite, warum er ihn hatte kommen lassen. Sein Übersetzer sei erkrankt und er suche einen Ersatz, bis dieser nach seiner Blinddarmoperation aus dem Krankenhaus entlassen sei. Er hatte mitbekommen, wie gut Karl englisch sprach, als er sich bei einem der

Bewacher für einen kranken Mitgefangenen eingesetzt hatte. Karl war äußerst skeptisch. Meinte es der Engländer ehrlich? Stellte er ihm eine raffinierte Falle? War es hinterhältige Bosheit? Als er nicht gleich antwortete, schaute dieser ihn jedoch so freundlich an und fragte: „Nun?", dass Karl sich etwas entspannte.

„Zu Befehl, selbstverständlich, mache ich sehr gerne", entgegnete er, wobei es ihm nicht gelang, seine Nervosität ganz zu verbergen.

Er empfand seinen Eltern gegenüber tiefe Dankbarkeit, dass sie es ihm während seiner Schulzeit ermöglicht hatten, die Sommerferien bei seiner Tante in Wales zu verbringen, die mit einem Einheimischen verheiratet war und die ihn ermutigt hatten, den freiwilligen Englischunterricht zu besuchen.

Karl und der englische Besatzer, der sich als Stephen Thompson vorstellte, kamen ins Gespräch. Er berichtete von seiner Frau, die mit den beiden drei und fünf Jahre alten Töchtern zu Beginn des Krieges zu ihren Eltern aufs Land gezogen war. Er erzählte auch von seinem Bruder, der während eines Heimaturlaubs bei einem Autounfall sein Leben verloren hatte und an den ihn Karl sehr erinnerte. Karl schwärmte von seinen Aufenthalten bei seiner Tante in Wales, der hügeligen Landschaft mit ihren weiten Wiesen, den Mooren und Bergen, den Tagen an der Irischen See und von seinen Ausflügen nach London, bei denen er einmal aus der Ferne den König zu Gesicht bekommen hatte. Er erwähnte aber auch seine große Sehnsucht, endlich nach Hause zu kommen und zu sehen, ob seine Frau und seine Eltern noch am Leben waren und wie es ihnen ging.

Ein paar Tage später bemerkte der Lagerleiter beiläufig, dass der Zaun verstärkt und das Loch in der Nähe des großen Apfelbaumes dicht gemacht werden sollte, damit wirklich niemand mehr die Absperrung würde überwinden können.

Karl war sich nicht sicher, was er von diesen Andeutungen halten sollte. Wollte der Engländer ihm die Flucht ermöglichen oder ihn in eine Falle locken? Er war entschlossen, das Risiko einzugehen. Die Möglichkeit, seine Freiheit wiederzuerlangen, war zu reizvoll, und er hätte es sich nicht verziehen, es wenigstes versucht zu haben.

Die Nacht verlief außergewöhnlich ruhig. Karl vernahm lediglich die gleichmäßigen Atemzüge und das Schnarchen seiner Kameraden. Langsam setzte er sich auf. Das Bettgestell ächzte und quietschte. Er verharrte kurz, aber niemand schien aufgewacht zu sein. Er hoffte, dass keiner bemerkte, dass er den Schlafsaal verließ. Ludwig, der drei Pritschen von ihm entfernt lag, wäre es zuzutrauen, dass er nach ihm suchen würde. Ludwig, ein ausgesprochen kleiner, drahtiger Mann, dessen etwas zu große Nase nach einem Bruch schief zusammengewachsen war, kam wie Karl aus Stuttgart. Dies hatte ihn wohl veranlasst, seine Nähe zu suchen. Er war ausgesprochen gesprächig, hatte zu jedem Problem einen guten Ratschlag, unabhängig davon, ob sein Gesprächspartner diesen hören wollte oder nicht. Karl betete, Gott möge ihm einen tiefen Schlaf schenken. Als er vor einiger Zeit unter starkem Durchfall gelitten hatte, hatte sich Ludwig immer wieder nach seinem Befinden erkundigt. Karl hatte sich geradezu bedrängt gefühlt. Er befürchtete jetzt, Ludwig könnte auf den Gedanken kommen, er habe einen Rückfall erlitten und würde nach ihm schauen. Aber nichts rührte sich. Er zog seine Strümpfe, Stiefel und Jacke an und schulterte seinen Rucksack, den er unter das Bett gelegt hatte. Er überprüfte, ob sich Uhr und Ehering in den Taschen befanden und ertastete das kühle Metall. Langsam lief er die Bettreihen entlang Richtung Tür. Es war stockdunkel, und er war besorgt, über einen Gegenstand zu stolpern, den er nicht sehen konnte. Noch nie war ihm dieser Weg so lang vorgekommen. Am Ende der Reihe stieg ihm der Geruch von Schweiß und anderen Körperausdünstungen in die Nase. Emil und zwei weitere Soldaten älteren Semesters wirkten auf Karl, als sei alles Leben aus ihnen gewichen. Sie gingen jeden Tag gebückter und sanken immer mehr in sich zusammen. Emils Haar war fast über Nacht grau geworden. Sie hatten alle Energie verloren und vernachlässigten selbst die Körperpflege.

Die Tür schleifte am Boden. Karl lauschte erneut, aber wieder blieb alles ruhig. Der Vorplatz war hell erleuchtet und warf einen Lichtschein in den geöffneten Türspalt. Er schloss leise die Tür und blickte sich um. Bis auf den Hofhund Sandor, eine Mischung aus Schäferhund und Dackel, dessen Anblick ihn jedes Mal schmunzeln ließ, war niemand zu sehen. Sandor halb vor, halb in seiner Hütte, den Kopf auf seine Vorderpfoten gelegt, blickte Karl an. Von diesem Hund ging keine Gefahr aus. Er wusste, dass Karl hierher gehörte und würde keinen Alarm schlagen. Er ermahnte sich, langsam auf das Plumpsklo zu-

zugehen. Er wollte keinen Verdacht erregen, falls ihn doch jemand beobachten sollte. Das Klohäuschen lag im Licht der Scheinwerfer, wenige Meter dahinter war alles dunkel. Karl ging hinein, schloss die Tür und horchte, ob er Schritte wahrnahm. Der Gestank war fast unerträglich. Kurz zuvor musste sich jemand erbrochen haben. Der säuerliche Geruch löste einen leichten Würgereiz aus. Als er die Tür öffnete, bemerkte er, dass er den Atem angehalten hatte. Draußen zog die Luft tief ein und genoss für einen kurzen Moment deren Kühle und Frische. Er schaute sich nochmals um. Noch immer war keiner zu sehen. Er tat, als wolle er sich ein wenig die Beine vertreten und lief ein paar Schritte über den erleuchteten Platz Richtung Dunkelheit und weiter zum Zaun. Das Loch war von einem Fuchs oder Dachs gegraben worden. Die Erde war locker und trocken. Es dürfte kein Problem sein, es mit den Händen zu vergrößern.

Er marschierte den Kiesweg entlang, der zum Apfelbaum führte. Den fast wolkenlosen Nachthimmel mit seinen Sternbildern, der Milchstraße und der abnehmenden Mondscheibe nahm er kaum wahr, ebenso wenig den Geruch des frisch gemähten Grases. Seine ganze Konzentration war auf die Schritte gerichtet, die vor ihm lagen. Er achtete darauf, auch nicht das leiseste Geräusch zu überhören. Der Kies unter seinen Füßen knirschte, und er vernahm ein leises Knacken, wenn er auf kleine Äste trat. Er war schon nahe am Zaun, als plötzlich ein lautes Rascheln an sein Ohr drang. Er konnte es nur schwer lokalisieren. Es schien von vorne zu kommen, der Stelle, an der sich der Durchschlupf befand. Wer auch immer es sein mochte, er schien sich sicher zu fühlen, nicht entdeckt zu werden. Jeder andere hätte versucht, weniger Geräusche zu verursachen. Karl blieb stehen, sein Atem stockte. Er schwitzte, sein Puls raste, alles Sinne waren aufs Äußerste angespannt. Wer konnte das sein? Ein weiterer Flüchtling? Sein rechter Mittelzeh schmerzte. Sein Stiefel drückte auf eine wunde Stelle. Das Knistern verstummte. Karl wagte es nicht, sich von der Stelle zu rühren und hätte auch nicht gewusst, wohin er hätte ausweichen können. Vielleicht hatte ihn der andere auch bemerkt und war stehen geblieben. Dann setzten die Geräusche wieder ein. Wer immer es war, schien sich auf ihn zuzubewegen. Karl verharrte weiterhin bewegungslos. Nur mit Mühe gelang es ihm, ein Niesen zu unterdrücken. Das Rascheln verstummte erneut. Er war sich nicht sicher, ob er tatsächlich ein leises Knirschen auf dem Kiesweg hörte oder ob seine Sinne verrückt spielten. Endlich sah er das Wesen. Es lief über den Teil des Weges, den der Mond ein wenig erhellte. Es war ein Igel! Nie zuvor hatte er sich so sehr über den Anblick eines Tieres gefreut. Rasch ging auf die kleine Grube zu. Er brauchte nicht lange, um die Erde mit den Händen weg zuschaufeln. Er schob seinen Rucksack voraus und kroch vorsichtig hinterher, darauf bedacht, nicht mit dem Stacheldraht in Berührung zu kommen. Zum ersten Mal war er dankbar dafür, dass er stark abgenommen hatte. Er erhob sich. Er war überglücklich und hätte seine Freude am liebsten laut hinausgerufen, beherrschte sich aber und schickte ein stummes Dankgebet zum Himmel. Er war tatsächlich frei! Er war fast zu schön, um wahr zu sein. Er kniff sich in den Oberarm, um sich zu vergewissern, dass er nicht träumte. Es war unglaublich! Noch vor etwa einer Woche war er kurz davor gewesen, sich aufzugeben. Er hatte sich so schwach gefühlt und die lauten Kameraden nicht mehr ertragen. Der Hunger, die Langeweile, das Gefangensein, der Gestank im Schlafsaal, die Angst, aufzufliegen, weil er Uhr und Ehering behalten hatte, die Sehnsucht nach Gretel hatten ihn zermürbt. Und jetzt befand er sich in einer Situation, die er sich noch vor kurzem nicht hatte vorstellen können!

Er wünschte, er könnte losrennen, fühlte sich aber zu schwach und lief so schnell er konnte zu einem Bauernhof, den er vom Heuboden der Scheune aus, in der sie schliefen, erblickt hatte. Er hoffte, von dort zu einem weiter entfernten Gehöft zu gelangen und Unterschlupf zu finden, bis er sich auf den Weg nach Süden machen würde.

Kapitel 13: **Bauernhof**

Nach etwa 300 Metern stieß Karl auf einen Feldweg. Das Licht des Mondes reichte aus, um nicht vom Weg abzukommen. Er hastete weiter. Auch jetzt waren seine Sinne aufs Äußerste angespannt. Er lauschte, ob er Tritte, Stimmen oder das Bellen von Hunden hörte. Die Ruhe um ihn herum hatte etwas Bedrohliches. Außer den Geräuschen seiner eigenen Schritte auf dem trockenen, sandigen Weg war kein Laut zu hören. Umso deutlicher vernahm er das Pochen seines Pulsschlags am rechten Ohr. Um dieses Klopfen zum Schweigen zu bringen, hätte er sein Tempo verlangsamen müssen, wagte dies aber nicht. Die Freude, endlich frei zu sein, war der Angst gewichten, entdeckt, zurückgeholt und in ein Lager an der Nordsee gebracht oder erschossen zu werden. Die Zweifel an den Motiven des Kommandanten, der ihn auf den geplanten Ausbau des Zauns hingewiesen hatte, kehrten zurück und steigerten seine Angst fast bis zur Panik. Die Vorstellung, dass der Engländer ein böses Spiel mit ihm treiben und ihn für kurze Zeit die Freiheit genießen lassen könnte, um dann zuzuschlagen, löste Gänsehaut aus. Ihn fröstelte. Wäre er nicht doch besser im Lager geblieben?

Er hätte nicht sagen können, wie lange er gelaufen war, als er die Umrisse von zwei großen Gebäuden sah. Als er etwas näher heran ging, erkannte er ein Haus mit einem weit nach unten reichenden Dach und eine Scheune, deren großes Tor halb offen stand. Zu nahe heranzukommen, wagte er nicht. Das Anwesen könnte von einem Hund bewacht werden. Nach ein paar Metern erreichte er die Reste einer kleinen Mauer, die von Brombeerbüschen überwuchert war und entschloss sich, dahinter zu verharren, bis es Tag wurde. Das Risiko, die Bewohner aus dem Schlaf zu reißen und für einen Einbrecher gehalten zu werden, war zu groß. Langsam hellte sich der Himmel vom Osten her auf. Er wartete bis etwa 7 Uhr. Nun musste er es riskieren, als geflohener Soldat erkannt, verraten und ausgeliefert zu werden. Langsam ging er auf die Gebäude zu. Hoffentlich lag der Hund, falls es ihn tatsächlich gab, nicht an der Kette. Sein Großvater hatte große Hunde, vor allem Bernhardiner und Schäferhunde, geliebt und ihm schon als kleinem Jungen beigebracht, mit ihnen umzugehen. Schwierig waren Kettenhunde. Durch die Einengung ihres Aktionsradius wurden sie schnell aggressiv und sahen in jedem Fremden einen Eindringling in ihr Revier.

Karl hatte den Zaun erreicht, der den Hof umgab. Alles blieb ruhig. Das Anwesen bot ein friedliches Bild. Hier war nichts zu sehen von Krieg und Zerstörung. Die Blumen in dem kleinen Garten neben dem Wohnhaus schienen im Wettstreit zu stehen, welche am herrlichsten blühte. Im Gemüsebeet saß eine schwarz-grau getigerte Katze. Aus dem Kamin stieg weißer Rauch in den fast wolkenlosen Himmel auf, ein Zeichen, dass die Bewohner bereits aufgestanden waren. Das Hoftor war nur angelehnt. Es quietschte ein wenig, als er es weiter öffnete. In der Ruhe, in der nur das Zwitschern der Vögel zu hören war, klang es außergewöhnlich laut. Er ging auf das Wohnhaus zu und stieg die kleine Sandsteintreppe, deren Stufen in der Mitte ziemlich abgetreten waren und kleine Mulden aufwiesen, empor. Noch immer blieb alles still. Auch aus der Hundehütte war kein Ton zu hören. Es gab vermutlich keinen Hund. Er klopfte vorsichtig an die Haustür. Er wollte dies gerade ein zweites Mal etwas kräftiger wiederholen, als die Tür geöffnet wurde. Unwillkürlich wich er eine Treppenstufe zurück und wäre fast gestürzt, hätte er sich nicht am Geländer festhalten können. Vor ihm stand eine Frau, die seiner Großtante Erna zum Verwechseln ähnlich sah. Wie diese hatte sie ihre glatten, dünnen und etwas fettigen grauen Haare mit Nadeln zu einem Dutt am Hinterkopf hochgesteckt. Über der Oberlippe war der Ansatz eines dünnen Bartes zu erkennen. Sie trug auch die fast identische Kittelschürze, allerdings nicht in blau, wie seine Tante, sondern in braun. Die Frau blickte Karl erstaunt und fragend an. Sie begann zu weinen. Für ein paar Sekunden brachten beide kein Wort heraus, bis sie fast gleichzeitig „guten Morgen" sagten. „Sie müssen entschuldigen", meinte sie stockend, wischte sich die Tränen ab und schnäuzte in ein großes Taschentuch.

„Ich hoffte, mein Sohn Wilhelm sei heimgekommen. Er ist noch immer vermisst. Sie haben die gleiche Größe und Figur wie Wilhelm."

Karl wusste nicht, was er erwidern sollte. Erneut schwiegen beide, dann fuhr sie fort: „Jetzt, wo die Tür schon offen ist, können Sie auch hereinkommen. Ich war gerade dabei, das Frühstück zu richten".

Er wusste nicht, wie ihm geschah. Er hatte nicht einmal um Hilfe bitten müssen! Sie stellten sich kurz vor. Sie nannte nur ihren Vornamen, Hildegard. Karl musste nicht viel erklären. Sie hatte sogleich vermutet, dass er aus dem wenige Kilometer entfernten Kriegsgefangenenlager geflohen war. Sie bot ihm ein Frühstück an. Das frische Graubrot, bestrichen mit Butter und Marmelade, das Omelett mit Speck und Käse schmeckten köstlich. Nicht einmal der Kaffee fehlte. Karl rätselte, wie sie an diesen gekommen war. Nach dem

Essen konnte er ein Wannenbad nehmen. Sie machte sich die Mühe, einen großen Kessel mit Unmengen von Wasser zu erhitzen. In der Wanne übermannte ihn die Müdigkeit, und er musste dagegen ankämpfen, nicht sofort einzuschlafen. Sie gab ihm einen Pyjama ihres Sohnes und ließ ihn in dessen Bett schlafen. Ihm blieben nur wenige Sekunden, die weiche Matratze und die saubere, frische Bettwäsche, die nach Lavendel duftete, bewusst zu genießen, dann schlummerte er ein.

Zuerst konnte er es kaum glauben, als ihm die Bäuerin erzählte, dass er über 24 Stunden geschlafen hatte. Sie warnte ihn davor, das Gebäude zu verlassen, auch wenn der Hof ziemlich abgelegen war und nur selten jemand vorbei kam. Um sich für ihre Wohltaten zu bedanken, half er ihr im Haus, reparierte ein Regal, das zusammengebrochen war, unterstützte sie beim Einkochen. Er schälte Kartoffeln und Zwiebeln, lernte, Kühe zu melken, schaufelte den Mist in die Schubkarre, den Hildegard auf den Misthaufen kippte.

Außer ihrem vermissten Sohn hatte sie eine Tochter, die in Hamburg verheiratet war und zwei Kinder hatte. Der Mann von Karls Wohltäterin war kurz vor Kriegsende zum Volkssturm eingezogen und schwer verwundet worden. Er lag in Kiel im Krankenhaus.

„Ich bin Bäuerin mit Leib und Seele", sagte sie während eines Abendessens zu Karl. „Ich brauche keine Bücher oder sonstigen Schnickschnack. Ich hätte auch keine Geduld zum Lesen".

Karl hielt dies jedoch nur für die halbe Wahrheit. Er vermutete, dass sie sich in die Arbeit stürzte, um sich von den Sorgen um ihren Mann und ihren Sohn abzulenken. Außerdem blieb ihr keine Zeit für Hobbys. Nachdem der polnische Zwangsarbeiter, der ihr während des Krieges zugeteilt worden war, in seine Heimat zurückgekehrt war, hatte sie mehr als genug zu tun.

Karl hätte weinen können, wenn sie ihm von ihrem Mann und ihren Kindern berichtete. Die Sehnsucht, Gretel endlich wieder in die Arme schließen, ihren Körper spüren und sich mit ihr vereinigen zu können, drohte ihn zu überwältigen. Wie ging es ihr? Liebte sie ihn noch? Er musste so bald wie möglich, nach Hause kommen, auch wenn ein Teil von ihm Hildegards Gastfreundschaft gerne noch ein wenig genossen hätte. Die Arbeit im Stall erinnerte ihn an den kleinen Betrieb seiner Schwiegermutter. War sie wohlauf? Wenn er doch nur auf ihrem Hof arbeiten könnte! Und was machten seine Eltern? Hatten sie die Bombenangriffe auf Stuttgart überlebt?

Hildegard bedrängte ihn zu bleiben, bis er mehr zu Kräften gekommen war. Er vermutete, dass sie in ihm einen Ersatz für ihren Sohn gefunden hatte und dass er ihre Einsamkeit vertrieb. Außerdem war er eine Hilfe bei der Arbeit. Als sie merkte, dass sie ihn nicht umstimmen konnte, brach sie in Tränen aus. Sie stand auf, kniete vor dem sitzenden Karl nieder, umarmte ihn, drückte ihn fest an sich und hielt ihn eine Weile wortlos umschlungen. Karl schämte sich für ihren Gefühlsausbruch, die lange Umarmung war ihm unangenehm. Aber er ließ sie gewähren. Er verspürte Gewissensbisse, sie, die so gut zu ihm gewesen war, allein zu lassen. Aber er konnte nicht bleiben. Hier war nicht sein Zuhause. Er musste zu seiner Frau und zu seinen Eltern. Nach gefühlten zehn Minuten ließ sie ihn los. Sie schlug ihm vor, zumindest streckenweise als blinder Passagier auf einem Güterzug mitzufahren. Beim Besuch ihres Mannes im Krankenhaus hatte sie zufällig gehört, dass fast jeden Tag ein Zug, vollbeladen mit Kohlen, Richtung Frankfurt/Main rollte. Wann dieser fuhr, hatte sie leider nicht in Erfahrung bringen können. Möglicherweise musste er sich auf eine längere Wartezeit einstellen und sich auf dem Bahnhof verstecken. Sie versorgte ihn mit Kleidung und Schuhen ihres Sohnes. Karl nahm auch ihr Angebot an, seine Uhr und seinen Ehering aufzubewahren und ihm diese in ein paar Wochen, wenn er seine Heimat erreicht haben dürfte, mit der Post zuzuschicken. Trug er sie bei sich, bestand die Gefahr, dass sie ihm abgenommen würden, sollte er Besatzungssoldaten in die Hände fallen und von diesen gefilzt werden. Er zweifelte nicht daran, dass sie Wort hielt.

Langsam zog er den Ring vom Finger und betrachtete die Innenseite mit den eingravierten Buchstaben „Gretel". Es fiel ihm schwer, sich von ihm zu trennen. Er war das Symbol der Liebe, die beide verband, und mit ihm hatte er einen Teil von ihr bei sich gehabt. Sein Finger wirkte nackt und bloß. Er hielt den Ring in seiner linken Faust und löste den Riemen seiner Armbanduhr. Hier im Haus hatte er sie gefahrlos tragen können. Auch sie würde ihm fehlen. Sie hatte ihm immer zuverlässig die Zeit angezeigt, hatte ihn auf fast magische Weise mit seinem Vater verbunden, der sie ihm zu seinem 24. Geburtstag geschenkt hatte. Diese wasserdichte Wehrmachtsuhr, ein Schweizer Fabrikat, bedeutete ein Stück Heimat. Ring und Uhr hatten ihm Glück gebracht. Mit ihnen hatte er es bis hierher geschafft. Würde ihn das Glück jetzt verlassen? Energisch drückte er Hildegard die Gegenstände in die Hand. Er nahm sie in die Arme und küsste sie auf die Stirn: „Danke, vielen Dank für alles!"

Er wischte sich mit dem Handrücken die Tränen fort.

Kapitel 14: **Zugfahrt 1. Teil**

Am frühen Morgen brachen sie mit dem Traktor Richtung Kiel auf. Hildegard wollte Marmelade, Obst, Brot und Gemüse auf dem Schwarzmarkt gegen ein Radio, Schuhe oder Kleidung eintauschen. Die Städter gaben in ihre Not alles her, um an Nahrungsmittel zu kommen. Karl verbarg sich auf dem kleinen Anhänger. Sie hatte die Plane so festgezurrt, dass man nicht sehen konnte, was sich darunter verbarg, aber so viel Platz gelassen, das ausreichend Luft zirkulieren konnte. Er saß auf zwei Wolldecken und hatte keinerlei Bewegungsspielraum. Der Anhänger war mit Kisten vollgepackt. Bei jeder größeren Unebenheit, jedem Schlagloch wurde er ein wenig in die Höhe katapultiert und fiel unsanft auf den Boden zurück. Knochen und Rücken schmerzten, und sein linker Fuß schlief ein. Er konnte sich nicht aufrichten und keinen Blick nach außen werfen. Es schien Stunden zu dauern, bis er an den Geräuschen erkannte, dass sie sich Kiel näherten. Der Lärm nahm immer mehr zu, die Luft wurde schlechter. Es stank nach Autoabgasen und Pferdemist. Er hörte das Klappern von Hufen, Rufe von Kutschern, die ihren Zugtieren Befehle erteilten, Klingeln von Fahrrädern, Scheppern von Bollerwagen, Hupen von Autos. Kinder riefen nach ihren Müttern und Mütter nach ihren Kindern, andere unterhielten sich lautstark.

Der Traktor kam zum Stehen. Hildegard öffnete die Plane des Anhängers. In dem Gewusel von Menschen und Fahrzeugen achtete niemand auf die beiden. Karl sprang herunter. Sie drückte ihm einen Stoffbeutel in die Hand. Er konnte nicht erkennen, was dieser enthielt, meinte ein Brot und eine Wurst zu ertasten. Sie umarmten sich kurz. Sie zeigte mit ihrem Kopf Richtung Bahnhof. Sie hatte nur wenige Meter entfernt angehalten.

Karl lief auf sein Ziel zu. Er war überrascht, wie weit die Straßen inzwischen von den Trümmern befreit worden waren. 200 Meter von ihm entfernt hielt ein Jeep an. Die beiden Besatzer stiegen aus und näherten sich einem umgekippten Pferdefuhrwerk. Um möglichst viel Abstand zwischen sich und dem Auto zu bringen, versuchte er, auf die andere Straßenseite zu wechseln. Es wimmelte von Menschen. Direkt vor ihm zog ein alter Mann einen schwer beladenen Bollerwagen hinter sich her. Mütter schoben Kinderwägen. Eine benutzte ihn als Transportmittel und trug das Kind auf der Hüfte. Zwei Frauen mühten sich gemeinsam mit einer Handkarre ab, in der sich vier Säcke türmten. Ein Pferd zog einen kleinen Lastwagen mit drei Rädern, der aussah, als würde er jeden Moment in sich zusammenfallen. Karl sah Kutschen und Fuhrwerke, Fahrräder mit und ohne Anhänger, behelfsmäßig gezimmerte Karren, Verwundete, die sich mit Hilfe von Krücken oder auf Begleitpersonen gestützt, vorwärts bewegten, Passanten mit schweren Rucksäcken und Bündeln. Die ganze Stadt schien unterwegs zu sein. Mühsam bahnte er sich einen Weg durch den Pulk.

Von der Pracht des Bahnhofs war nach acht Bombenangriffen nicht mehr viel zu sehen. Ein paar Mauern standen noch, vom Dach und den übrigen Wänden existierte nur noch ein Skelett aus Stahlträgern und Stahlbögen. An seinem Ziel angekommen, gab es kaum ein Durchkommen mehr. Als er endlich einen Bahnsteig erreicht hatte, fürchtete er, zu sehr aufzufallen, wenn er sich über die Gleise Richtung Abstellgleis bewegte. Der Rückweg war fast unmöglich, da jeder Richtung Plattform strebte und keiner bereit war, aus dem Weg zu gehen. Die Luft kam ihm immer stickiger und schwüler vor. Es stank nach Schweiß, billigem Parfüm, Zigarettenrauch und vielem, das er nicht identifizieren konnte. Beinahe hätte er sich erbrochen, als ihm der säuerliche Geruch einer verdreckten Windel eines Säuglings in die Nase stieg. Er wählte den

Umweg über eine Nebenstraße zur rückwärtigen Seite des Bahnhofs. Hier waren wesentlich weniger Menschen unterwegs. Plötzlich tauchte ein Tommy hinter den Trümmern eines Hauses auf und lief langsam in Karls Richtung. Karl erschrak so sehr, dass seine Atmung kurz aussetzte. Er fing sich jedoch schnell wieder und ging weiter. Als sie einander erreicht hatten, blickte ihn Karl an und fragte auf Englisch, ob er einen alten, braunen Dackel mit weißer Schnauze gesehen habe. Ihm sei das Halsband aus der Hand gerutscht, und der Hund sei ihm entwischt. Der Soldat war völlig überrumpelt, in fehlerfreiem Englisch, wenn auch mit starkem deutschem Akzent, angesprochen zu werden. Nein, er habe lediglich einen Schäferhund herumlungern sehen und hoffe sehr, dass dieser seinem Dackel nichts zu leide tun werde und wünschte ihm viel Glück bei seiner Suche. Karl ließ sich seine Erleichterung, dass die Begegnung so glimpflich verlaufen war, nicht anmerken, bedankte sich für die Information und setzte seinen Weg fort. Er drehte den Kopf immer wieder nach rechts und nach links, blickte suchend umher und rief: „Vivaldi, Vivaldi". Trotz der Rufe nahm keiner von ihm Notiz. Die Fußgänger waren zu sehr mit sich selbst beschäftigt, und keiner nahm wahr, dass er rasch Richtung Abstellgleis abbog und sich hinter einem Wagen versteckte.

Die Schatten wurden länger, die untergehende Sonne tauchte die Umgebung in ein mildes Licht. Es stand in einem seltsamen Kontrast zu den Zerstörungen, die der Krieg angerichtet hatte. Karl blickte auf eine große freie Fläche, eine Wüste aus Schutt, Geröll und Steinen. Kein Haus hatte den Bombenhagel überstanden. Kaum ein Stein war auf dem anderen geblieben. Es stand lediglich noch eine kleine Mauer. Mit weißer Farbe war der Schriftzug „Luftschutzkeller" aufgemalt worden. Auch der dicke Pfeil, der die Richtung wies, war klar zu erkennen.

Die Minuten dehnten sich zu Stunden. Umherlaufen war nicht möglich. Setzte er sich, wurde ihm die Position schnell unbequem, ging er in die Hocke, ermüdeten seine Waden, stand er längere Zeit, taten ihm die Beine weh. Auf dem Bauernhof hätte er zu tun gehabt, hätte sich nützlich machen können. Die Tage dort waren wie im Flug vergangen. War es wirklich eine gute Idee gewesen, seinen Zufluchtsort bei Hildegard aufzugeben? Hätte er bleiben sollen?

Von einer Sekunde auf die andere jedoch waren Zweifel, Schmerzen und Langeweile vergessen. Ja, es war richtig gewesen, weiterzuziehen! In der Ferne sah er eine weiße Dampfwolke in den Himmel aufsteigen, die schnell näher kam. Das gleichmäßige Rattern, Zischen und Schnaufen der Lokomotive wurde lauter. Der Boden vibrierte. Mit quietschenden Bremsen und unter lautem Pfeifen fuhr der langsamer werdende Kohlenzug in den Bahnhof ein.

Karl trat hinter dem Wagon hervor. Feiner Kohlenstaub kitzelte seine Nase. Vor ihm lagen die Gleise, hinter ihm stand eine Backsteinmauer, überragt von Resten eines Daches, von dem nur die Stahlträger übrig geblieben waren.

Er blickte sich hastig nach allen Seiten um. Niemand war in diesem abgelegenen Teil der Station zu sehen. Er rannte auf den Zug zu. Sein Blick fiel auf das hölzerne Bremserhäuschen. Es stand am Ende des Wagons auf einer kleinen Plattform und hatte die Ausmaße eines Plumpsklos. An der Tür und an der Seite waren Fenster eingebaut. Das Seitenfenster war mit einem Holzriegel verschlossen. Eine Treppe mit drei Stufen und einem Geländer führte auf die Freifläche vor der Tür. „Darin werde ich mich verstecken." Er musste es wagen, musste das Risiko eingehen, dass das Häuschen mit einem Bremser besetzt war oder dass sich bereits ein blinder Passagier darin versteckte. Er lief auf die Plattform zu, sprang auf die unterste Trittstufe, bekam das Geländer zu fassen, zog seinen zweiten Fuß nach, stürzte zur Tür und ergriff die Klinke. Die Tür war nicht verschlossen! Er riss sie auf. Der Raum war leer! Langsam kam der Zug zum Stehen. Er klappte den Sitz herunter und ließ sich darauf fallen. Atem und Puls- schlag normalisierten sich. Dem Dreck und Staub nach zu urteilen, war das Häuschen lange nicht mehr benutzt worden. Die Luft war zum Schneiden dick. Er lauschte, ver- nahm jedoch keine Stimmen oder Schritte, die darauf hindeuteten, dass Tommys den Zug durchsuchten. Er hoffte, dass sich dieser bald in Bewegung setzen würde, aber nichts geschah. Mit jeder Minute wuchsen seine Angst und Anspannung, doch noch entdeckt zu werden. Der Staub verursachte einen Hus- tenreiz, den er nur mühsam unterdrücken konnte. Wieso fuhr der Zug nicht weiter? Spannten die Engländer blinde Passagiere auf die Folter? Vermutlich war er nicht der einzi- ge, der sich, trotz des Verbotes auf Güterzü- gen mitzufahren, versteckt hielt. Die Unruhe wurde zu groß. Er stand auf, hielt den Sitz fest und klappte ihn vorsichtig an die Wand, bemüht, möglichst keine Geräusche zu verur- sachen, falls doch jemand draußen herum- schleichen sollte. In dem Augenblick, als er sich auf den Boden setzen wollte, in der Hoffnung dort durch einen Blick durchs Fenster nicht so leicht entdeckt zu werden, fuhr der Zug ruckartig an. Die Bewegung warf ihn an die Bretterwand. Ein stechender Schmerz in seiner rechten Schulter ließ ihn aufschreien.

Außer den Geräuschen des Zuges war nichts zu hören, und er beruhigte sich ein wenig. Seine Erleichterung hielt jedoch nicht lange an. Nach kurzer Fahrt stoppte der Zug erneut. Karl wagte es nicht, aufzustehen und hinaus zu blicken, vermutete aber, dass sie Kiel noch nicht verlassen hatten. Plötzlich erschien ein Gesicht am Fenster. „Get up, aufstehen, sofort mitkommen".

Karl blickte den Tommy entsetzt an und war für Sekunden nicht fähig, sich zu bewegen. „Hurry up, Beeilung", fuhr ihn der Engländer an und trieb ihn vor sich her bis zu einem Bahnwärterhäuschen. In dem kleinen Raum befanden sich 10 bis 12 Personen, die vermutlich aus verschiedenen Zügen geholt worden waren. Gegenüber der Tür stand eine Frau mit einem knallroten Kopftuch, vermutlich die Mutter von den etwa 7 Jahre alten Zwillingen, denen die oberen Schneidezähne fehlten. Die Kinder schmiegten sich an die Frau, die ihre Arme um deren Schultern gelegt hatte. Die Mädchen, es hätten aber auch Buben sein können - Karl konnte das nicht sicher erkennen - trugen für die Jahreszeit völlig unpassende Kleidung. Ein Kind hatte eine dunkelbraune Wollmütze auf dem Kopf, seine Beine steckten in verwaschenen blau-weiß karierten Hosen, deren Beine zu kurz waren, die Füße in schwarzen Gummistiefeln. Das Hemd oder die Bluse aus grauweißem Leinen dagegen war viel zu lang, sodass auch die Hände bedeckt waren. Das zweite Kind hatte einen dicken braunen Mantel an, der bis zum Boden reichte. Die Ärmel waren zu Hälfte umgeschlagen. Rechts neben der Familie erblickte er einen circa 60 Jahre alten, ausgemergelten Mann, der auf einem Akkordeonkasten saß, das Kinn mit der linken Hand abgestützt. Auf seinem rasierten Schädel waren die ersten grauweißen Haare nachgewachsen, seine Wangen waren von einem Dreitagebart bedeckt. Er bot ein seltsames Bild mit seiner verdreckten Augenklappe und den verschiedenen Schuhen. Aus dem rechten Schuh ragte der große Zeh heraus, beim linken Schuh fehlte der Schnürsenkel. Der Kopf zitterte leicht. Er blickte starr geradeaus und schien nichts wahrzunehmen. Der Mann neben ihm bot ein kaum weniger merkwürdiges Bild. Trotz der Hitze, die im Raum herrschte, war er in eine grobe grüne, mit braunen Flecken übersäte Wolldecke gehüllt. Die runde Nickelbrille, die nur noch ein Glas enthielt, saß weit unten auf der Nase, und er blickte über das Gestell hinweg. Nicht nur der Verband an seiner rechten Hand war verschmutzt. Er machte insgesamt einen sehr ungepflegten Eindruck, die schulterlangen Haare waren verfilzt, in seinem schwarzen Bart hingen Brotkrümel. Seine rechte Augenbraue war mit einer dicken Blutkruste überzogen. Er kam Karl vage bekannt vor. Er wurde aus seinen Beobachtungen gerissen, als vier englische Soldaten hinzu kamen und diskutierten, was mit den blinden Passagieren geschehen sollte. Sie konnten sich nicht einigen und entschlossen sich, einen Offizier zu Rate zu ziehen. Karl hatte den Eindruck, dass nur er verstand, was die Tommys redeten. In dem Moment, als der Offizier in der Tür erschienen, wurde der Mann mit der Augenklappe von einem Krampfanfall erfasst, fiel zuerst gegen das Kind, das direkt neben ihm stand und dann auf den Boden. Beine, Arme und Kopf zuckten, aus dem Mund lief Blut. „Weg, weg" rief der Offizier und bahnte sich einen Weg durch die kleine Gruppe zu dem Mann, gefolgt von seinen Untergebenen. Die ganze Aufmerksamkeit der Soldaten war auf den epileptischen Anfall gerichtet.

Glücklicherweise stand Karl direkt an der Tür. Er musste nur einen Schritt zur Seite machen, und schon war er im Freien. Inzwischen war es dunkel geworden. Die Engländer würden erst nach ein paar Sekunden begreifen, dass er entwischt war. Er rannte los. Es dauerte nicht lange, und er vernahm Schritte und Rufe: „Stopp, stopp oder ich schieße!"

Eine Kugel pfiff an seinem Ohr vorbei. Erinnerungen an seine Flucht mitten durch das Kampfgetümmel zwischen der Roten Armee und der Wehrmacht drängten in sein Bewusstsein. Er geriet in Panik und lief weiter, ohne auf die Richtung zu achten, über Gleise, vorbei an zerstörten und ausgebrannten Wagons und Lokomotiven. Eine Kugel traf einen Wagen, prallte ab und streifte seinen Ärmel. Er stolperte, fing sich aber sofort wieder. Dann hörte er einen Schmerzensschrei und lautes Fluchen. Er blieb kurz stehen und drehte sich nach hinten um. Der Soldat war gestürzt und versuchte, sich aufzurichten, konnte mit seinem Fuß aber nicht mehr auftreten. Jetzt stürmte ein zweiter Tommy herbei und übernahm die Verfolgung. Karl hetzte weiter, erreichte nach wenigen Schritten den Bereich des Bahnhofs, der nicht mehr beleuchtet war und kauerte sich hinter einen Wagon. Vorsichtig schaute er um die Ecke. Der Engländer war stehen geblieben und sah sich um. Er konnte nicht alles hören, was er sagte, verstand aber, dass er schimpfte, keine Taschenlampe mitgenommen zu haben. Karl zog sich zurück und verharrte in seinem Versteck, bis sich die Schritte entfernten.

Zum Bahnhof zurückzukehren, war nicht möglich. Er mied die erhellten Flächen und näherte sich im Schutz der Dunkelheit dem Gleis, auf dem der Kohlenzug nach Süden fahren würde. Dieser hatte sich noch nicht wieder in Bewegung gesetzt. Vielleicht würde es ihm gelingen, auf den Zug aufzuspringen. Er lief langsam neben dem Gleis her, das in der mondlosen Nacht schwer zu erkennen war. Auf dem unebenen und abschüssigen Boden geriet er immer wieder ins Rutschen und Stolpern. Die ersten Male gelang es ihm, das Gleichgewicht zu halten. Als er aber immer häufiger stürzte, ging er direkt zwischen den beiden Schienen. Aus Sorge, dem herannahenden Zug nicht schnell genug ausweichen zu können, trat er jedoch bald wieder neben die Gleise. Der Boden wurde ebener und besser zu begehen. Sein Gefühl sagte ihm, dass die Richtung stimmte. Sicher konnte er sich allerdings nicht sein, da er in der Dunkelheit nichts erkennen konnte. Möglicherweise war er an einer Stelle vorbeigelaufen, an der sich die Gleise in zwei Richtungen teilten. Aber er hatte keine Wahl. Umzukehren kam nicht in Frage. Er konnte nur geradeaus weitergehen. Die Schienen waren seine einzige Möglichkeit, sich zu orientieren. Er wagte es nicht, auch nur eine kurze Pause einzulegen. Als es hell zu werden begann, erblickte er vor sich einen kleinen Bahnhof. Vorsichtig ging er darauf zu, soweit wie möglich in der

Deckung von Büschen und Sträuchern. Die Station war menschenleer. In dem Augenblick, als er sich auf eine Bank setzen wollte, hörte er, dass sich ein Zug näherte. Er rannte zum Warte- und Schalterhäuschen, um nicht sofort entdeckt zu werden. Der Kohlenzug kam rasch näher, wurde langsamer und kam zu Stehen. Er bestand aus einer Reihe verschiedenster Wagen. Darunter waren auch niedrige, offene Kohlenwagen, die nicht alle komplett gefüllt waren. Karl hatte nicht den Mut, erneut einen Versuch in einem Bremserhäuschen zu wagen. Er lief auf einen der niedrigen Wagen zu, stieg von der Trittstufe auf die Stange, die die Wagons miteinander verband und kletterte hinein. Der Wagen war nur etwa zu zwei Dritteln mit Kohle gefüllt. Um dem Fahrtwind weniger ausgesetzt zu sein, grub er an der Wand, die der Lok am nächsten war, mit den Händen eine kleine Mulde. Sie war so tief, dass er sich hinsetzen konnte, ohne von außen gesehen zu werden. In der Ferne hörte er das Schlagen einer Kirchturmuhr. Er hätte gerne gewusst, wie spät es war, aber der Kirchturm war zu weit entfernt, so dass er nicht sicher war, wie oft die Uhr geschlagen hatte. Als er sich setzte, merkte er, wie müde er war. Nach wenigen Minuten fuhr der Zug weiter und schaukelte ihn in den Schlaf. Seine Träume wären wirr und chaotisch, ohne jeglichen roten Faden. In einem Moment befand er sich wieder auf dem

Schlachtfeld, Kugeln pfiffen um seine Ohren, dann trieb er in der Ostsee, hörte die Hilferufe von Ertrinkenden, kurz darauf stand er dem Kapitän gegenüber, der ihm sagte, dass er ihn wegen Fahnenflucht erschießen müsse.

Er stöhnte auf, als der Zug anhielt. Um ihn herum war alles ruhig. Er erhob sich vorsichtig, wobei er ein paar Kohlen ins Rutschen brachte. Er stützte sich an der Wand des Wagons ab und blickte sich um. Der Zug war vor einem größeren Bahnhof zum Stehen gekommen. Aus Sorge, dass auch hier nach blinden Passagieren gesucht werden könnte, verließ er den Wagen und machte sich auf den Weg Richtung Bahnhof.

Kapitel 15: **Zugfahrt 2. Teil**

Karl rätselte, wo er sich befand und wie weit er gekommen war. Er war vielleicht sechs Stunden unterwegs gewesen und konnte nur hoffen, dass seine Annahme stimmte und der Zug Richtung Süden gefahren war. Nach ein paar Minuten hatte er den Bahnhof erreicht. Ein großes Schild beantwortete seine Fragen. Er war in Göttingen gelandet. Noch war er zu weit entfernt, um zu erkennen, ob unter der Menschenmenge, die sich auf einem der Bahnsteige versammelt hatte, Besatzungssoldaten waren. Er wollte es dennoch riskieren. Vielleicht gab es eine Möglichkeit, in einem Personenzug mitzufahren. Er ging auf die Leute zu, erleichtert, keine Tommys zu sehen. Er erfuhr, dass im Laufe des Vormittags ein Zug Richtung Heidelberg angekündigt war. Fahrpläne gab es noch keine und die Züge rollten nur sporadisch.

„Versuchen Sie es doch, vielleicht erhalten sie noch eine Fahrkarte. Der Schalter hat offen" riet ihm eine Frau mittleren Alters. Unter ihrem großen hellblauen, mit Strohblumen verzierten Sommerhut, der farblich auf ihren Mantel und die Stöckelschuhe abgestimmt war, schauten graue, kinnlange Locken hervor. Sie hielt einen schwarzen Pudel an der Leine, der Karl aggressiv ankläffte. „Fiffi sei ruhig", befahl sie, aber Fiffi reagierte nicht. Er sprang auf Karl zu, zerrte an seiner Hose und riss ein Stück Stoff heraus.

Sein Frauchen griff in ihre braune Tasche, die an ihrem linken Unterarm hing. „Hier nehmen sie."

Sie drückte ihm einen Geldschein in die Hand und sagte als Karl zögerte „Jetzt nehmen Sie es doch schon."

„Vielen Dank", erwiderte Karl überrumpelt und hastete zum Schalter. Dort bekam er, ohne nach Ausweisen oder anderen Papieren gefragt zu werden, eine Fahrkarte.

Er lief zum Ende des Bahnsteigs. Von hier würde es ihm wahrscheinlich am ehesten gelingen, sich rechtzeitig aus dem Staub zu machen, falls er englische Soldaten zu Gesicht bekäme. Er setzte sich auf den Boden, den Rücken an eine Mauer gelehnt, den Blick auf die Straße gerichtet in der Annahme, dass die Engländer, falls sie kommen sollten, von dort her auftauchen würden. Die Menge der Wartenden wurde größer. Die Sonne brannte vom Himmel, es wurde heiß und schwül. Er stand immer wieder auf, vertrat sich die Beine und setzte sich wieder. Als ihm langsam Zweifel kamen, ob tatsächlich heute noch ein Zug abfuhr, näherte sich eine Rauchwolke. Es kam Bewegung in die Menge. Rucksäcke wurden geschultert, Koffer in die Hand genommen, Mütter riefen nach ihren Kindern. Alle strebten zur Mitte des Bahnsteigs. Karl blieb, wo er war und fand eine Platz im ersten Wagen hinter der Lok. Es dauerte ihm viel zu lange, bis alle eingestiegen waren und das Signal zur Abfahrt ertönte. Er schaute auf die Bahnhofsuhr, deren großer Zeiger sich ganz langsam vorwärts bewegte, wippte mit seinen Füßen und trommelte mit den Fingern seiner rechten Hand auf seinen Oberschenkel. Er versuchte, die Befürchtung zu verdrängen, dass in letzter Minute Tommys einsteigen, ihn abführen und in Gefangenschaft zurückbringen könnten. Aber nichts dergleichen geschah, und endlich fuhr der Zug los.

Das Schaukeln ließ ihn müde werden. Er schlief ein, schreckte aber auf, als der Zug auf einem Bahnhof zum Stehen kam. Ein Blick aus dem Fenster verriet ihm nicht, an welchem Ort er gehalten hatte. Er wandte sich an seinen Nachbarn: „Wo sind wir denn hier?"

„Wir haben die Grenze zwischen der englischen und der amerikanischen Zone erreicht", klärte ihn ein Mitreisender auf. Die Tür wurde geöffnet. „Alle raus", befahl eine Stimme mit starkem amerikanischem Akzent. „Baggage, Koffer, stehen lassen!"

Alle stiegen aus, nur Karl blieb sitzen. Er hatte keine Entlassungspapiere und durfte auf gar keinen Fall kontrolliert werden. Er musste sich irgendwo verstecken. Er wartete, bis auch der letzte gegangen war, erhob sich, nahm seinen Beutel und seinen Rucksack und hastete die Sitzreihen entlang. Die Eingangstür fest im Blick, stolperte er fast über einen Koffer. Es gelang ihm gerade noch, sich an der Bank festzuhalten. Sein Beutel fiel herunter. Er hob ihn auf, stopfte die Feldflasche, die herausgefallen war, hinein und lief weiter. Nach etwa zehn Metern hatte er das WC erreicht. Die Tür war nur angelehnt. Er gab ihr einen kleinen Schubs. Erleichtert stellte er fest, dass das Klo leer war und huschte hinein. Er ließ die Tür zu etwa einem Drittel offen stehen und stellte sich dahinter. Der Spalt zwischen Tür und Boden war so schmal, dass seine Füße nicht zu sehen waren. Er lauschte. Draußen herrschte ein lautes Gemisch aus englischen und deutschen Stimmen, dem er entnahm, dass Ausweise kontrolliert, Taschen und Rucksäcke durchsucht wurden. Dann hörte er, wie Schritte die Trittstufen hinaufkamen. Seine Anspannung wurde fast unerträglich. Ihm wurde gleichzeitig heiß und kalt. Irgendetwas kitzelte in seiner Nase, im Hals verspüre er ein leichtes Kratzen. „Nur jetzt nicht niesen, nicht niesen", war sein einziger Gedanke. Er hielt sich die Nase zu, und der Reiz ließ nach. Es schien eine Ewigkeit zu dauern, bis die Schritte das WC erreicht hatten. Die Tür bewegte sich in Karls Richtung, blieb aber wenige Zentimeter vor ihm stehen. Der Ami oder Tommy murmelte etwas vor sich hin, dann entfernten sich die Schritte. Karl blieb hinter der Tür stehen und betete, dass der Kontrolleur nicht zurückkam, weil er das dringende Bedürfnis verspürte, das Klo zu benutzen. Aber er blieb allein. Den Geräuschen nach zu urteilen, wurden die Koffer, die im Wagen stehen gelassen wurden, durchsucht, Kontrollen, die kein Ende nehmen wollten. Karl bekam einen Krampf im rechten Fuß, hätte am liebsten laut gestöhnt, riss sich aber zusammen und versuchte, der Verkrampfung entgegen zu wirken, indem er sein ganzes Gewicht auf die rechte Seite verlagerte. Der Schmerz ließ nur sehr langsam nach. Er bemerkte eine kleine Spinne, die sich gemächlich von der Decke hin zum leeren Klopapierhalter abseilte. Die Luft wurde immer stickiger. Endlich vernahm er, wie sich die Schritte zur Ausgangstür bewegten und der Besatzungssoldat die Stufen hinabging. „Hurry up, hurry up, alles einsteigen!", befahl die Stimme, die auch das Aussteigen angeordnet hatte. Auch dieses Mal dauerte es ewig, bis alle Passagiere eingestiegen waren. Erst als der Zug losfuhr, verließ er sein Versteck. Als er die Klotür schloss, gaben seine Beine fast nach. Sie waren weich wie Pudding, alle Kraft war aus ihnen gewichen. Bei den ersten

Schritten zu seinem Platz musste er sich an der Wand abstützen. Der Wagon hatte sich geleert. Er wollte nicht darüber nachdenken, was mit den fehlenden Reisenden geschehen war.

Er lehnte sich zurück. Erneut hatte er eine Hürde überstanden und war seinem Ziel näher gekommen. Jetzt befand er sich in der Zone, in der seine Heimatstadt lag. Er schloss die Augen und nickte wieder ein, war aber sofort hellwach, als er hörte, wie die beiden Männer, die ihm gegenüber saßen, von der amerikanischen Besatzungszone sprachen. Sie redeten breites Schwäbisch. Es fiel ihm schwer, ihr Alter einzuschätzen. Die Gesichter waren braun gebrannt, vom Wetter gegerbt und die Stirn des etwas Älteren von Falten durchzogen. Die Bärte waren ergraut. Jung konnten sie folglich nicht mehr sein. Sie hatten den Krieg aber recht gut überstanden, waren nicht krank oder unterernährt. Er nahm an, dass sie von einer Beerdigung kamen, denn sie trugen schwarze Anzüge, Krawatten und Schuhe. Nur die Hüte aus hellbraunem Leder passten nicht zu diesem Bild. Sein Blick fiel auf ihre Hände. Die des einen waren breit und kräftig, die Fingernägel zum Teil schwarz umrandet. Die des anderen dagegen waren feingliedrig, wie die eines Klavierspielers. Auf dem Boden stand eine Aktentasche, ähnlich derer, die sein Vater zur Arbeit mit in die Schule genommen hatte.

„Hast Du etwas von Rudi gehört?", fragte der Jüngere den Älteren. Seine Stimme war fast zu einem Flüstern geworden, und Karl musste sich sehr konzentrieren, um ihn zu verstehen. „Ja, ja, der Rudi. Das Gerücht stimmte. Nach seinem Genesungsurlaub ging er nicht an die Front zurück, sondern versteckte sich, weiß der Geier wo. Der Depp ist dann zu früh auf seinen Hof zurückgekehrt. Die Amis stecken ihn sofort ins Lager, wenn sie ihn finden. Wenn sie ihn nicht schon aufgespürt haben."

Karl hatte sich für kurze Zeit relativ sicher gefühlt. Von einem Augenblick auf den anderen war die Angst zurückgekehrt. Er versuchte, sich nichts anmerken zu lassen.

Das Gespräch zwischen den beiden Männern verstummte. Karl wartete eine Weile, bis er sie fragte: „Was ist das denn für ein Ausweis, von dem Sie vorhin gesprochen haben?"

„Sie meinen sicher die Identity Registration Card. Alle Deutschen brauchen sie. Für Frauen ist es kein Problem, sie zu bekommen, auch Männer über 60 bekommen sie. Die Jüngeren aber müssen nachweisen, dass sie nicht in der Wehrmacht waren. Für mich mit meinen 65 Jahren war's auch kein Problem, den Ausweis von den Amis zu bekommen und Adi", er drehte seinen Kopf leicht nach rechts zu seinem Begleiter „konnte zum Glück nachweisen, dass er seit Mitte der 30-er Jahre in Neuseeland gelebt hat und erst nach dem Krieg zurückgekommen ist."

Als Karl nichts sagte, zog er einen Stoffbeutel aus seiner Aktentasche, entnahm diesem zwei in Zeitungspapier gewickelte kleine Bündel. Eines drückte er Adi in die Hand, das andere legte er in seinen Schoß. „Ich bin Hans-Dieter, und das neben mir ist mein Bruder Adi. So wie sie aussehen, könnten sie etwas zu essen brauchen."

Ohne Karls Antwort abzuwarten, griff er ein weiteres Mal in seinen Beutel, holte noch ein Päckchen heraus und streckte es Karl entgegen. „Ich hoffe, die Zeitung stört sie nicht. Wir haben keine Vespertüten mehr."

Karl meinte, einen ironischen Unterton herauszuhören. „Aber die Wurst ist ganz frisch. Wir haben erst gestern geschlachtet und Brot gebacken."

Er war völlig perplex, wusste nicht, was er sagen sollte und murmelte nur: „Ich bin Karl. Danke, vielen Dank!"

Erst jetzt wurde ihm bewusst, wie hungrig er war. Es duftete herrlich, und er musste sich beherrschen, das Papier nicht allzu ungestüm herunterzureißen. Vor dem Krieg, bevor er auch nur eine Ahnung davon hatte, wie entsetzlich es war, Hunger zu leiden, hätte ihn niemand dazu gebracht, Blutwurst zu essen. Aber diese Bedenken hatte er schon lange nicht mehr. Viel zu schnell war alles verzehrt.

Hans-Dieter und Adi schlossen die Augen. Karl war zu aufgewühlt, um einzuschlafen. Zu viel war in den letzten Stunden passiert. Er blickte aus dem Fenster. Er sah Landschaften, die vom Krieg verschont geblieben waren, Bauern, die ihrer Arbeit nachgingen, Gras mähten, aufhäuften und auf Wagen luden, Kinder, die über Felder rannten oder hoch oben auf den Heuwagen saßen. Sie fuhren aber auch durch Städte und Dörfer, die vom Krieg schwer gezeichnet waren, vorbei an Bombenkratern, Trümmerbergen, verkohlten Baumstämmen, ausgebrannten Autos und Pferdefuhrwagen, Häuser, denen ganze Mauer- oder Dachstücke fehlten, sodass man ungehindert in Zimmer oder Küchen blicken konnte. Der Zug verlangsamte seine Fahrt, wenn sie durch Ortschaften kamen. An einer Hauswand hingen Teile eines Plakates, dessen Schriftzug „Vorsicht, Feind hört mit" noch deutlich zu lesen war. Etwa einen halben Kilometer weiter hatte jemand mit großen weißen Buchstaben „Tod dem Verräter" aufgemalt. Bei diesem Anblick lief es ihm kalt den Rücken hinunter. In die Städte war das Leben zurückgekehrt. Kinder hatten die Trümmer als Spielplätze entdeckt, Parkanlagen waren zu Gemüsefeldern umfunktioniert worden, Bewohner lebten in ihren zerstörten Häusern.

Plötzlich hielt der Zug auf freier Strecke. Ein Teil der Passagiere wurden nach vorne geworfen oder unsanft aus dem Schlummer gerissen, Gepäckstücke fielen um. Während der Fahrt war es ruhig geworden, nun überschlugen sich aufgeregte Stimmen.

„Was ist denn nun schon wieder los?"

„Ich dachte, dieser Teil der Strecke ist vollständig repariert."

„O nein, so komme ich ja nie zuhause an."

Fenster wurden aufgerissen und Köpfe herausgestreckt. Nach wenigen Minuten erschien der Lokführer: „Keine Panik! In etwa einer Stunde geht es weiter. Da vorne ist ein Unfall passiert. Wenn sie wollen, können sie aussteigen. Ich pfeife, wenn's weitergeht."

Hans-Dieter, Adi und Karl stiegen aus. Sie sahen sich ein wenig um und gingen auf eine nahe gelegene Hecke zu. Karl blickte immer wieder zurück. Adi fragte Karl: „Sie sind doch bestimmt aus der Gefangenschaft getürmt und haben keine Entlassungspapiere oder? Ich habe gesehen, wie sie zusammengezuckt sind, als wir von Rudi gesprochen haben. Und ihr Gesichtsausdruck sprach Bände."

Karl wusste nicht, was er antworten sollte. „Keine Angst, wir verraten sie nicht. Ich wäre auch abgehauen, wenn ich sie wäre."

Kurze Zeit sagte keiner etwas, dann meinte Karl: „Ich habe gar kein gutes Gefühl. Ich werde nicht warten, bis der Zug weiterfährt. Ich habe mich einmal vor einem Kontrolleur verstecken müssen. Ich glaube nicht, dass das ein zweites Mal gut geht".

Er schüttelte die Hände von Hans-Dieter und Adi:" Vielen Dank nochmal fürs Brot!"

„Gern geschehen", erwiderten Beide und wünschten ihm alles Gute. „Hier nimm!", Adi drückte ihm eine weitere Stulle in die Hand.

Karl lief die Büsche entlang und kam nach ein paar Metern auf einen Feldweg. Niemand war zu sehen. Der Weg lag zwischen Getreidefelder. Das Korn würde noch ein wenig Zeit brauchen, bis es geschnitten werden konnte. Die Sonne brannte vom Himmel, es war so gut wie windstill. Bäume gab es fast keine. Mit jedem Schritt schien die Luft schwüler und wärmer zu werden. Er hatte Durst, aber seine Feldflasche war leer. Bald setzten auch leichte

Kopfschmerzen ein, und seine Schuhe drückten. Er hätte sich am liebsten unter einen der wenigen Bäume gelegt, zwang sich aber, weiterzugehen.

Als die Dämmerung einsetzte, sah er einen abseits gelegenen Bretterverschlag. Die Tür war nicht verschlossen, und er entschloss sich, die Nacht darin zu verbringen.

Auf seinem weiteren Weg vermied er Ortschaften. Er kam durch Streuobstwiesen, Wälder, Rebberge, Weiden und Äcker. Hin und wieder traf er auf Menschen, die ihn unterstützten. Einmal kam er an einer kleinen Gruppe vorbei, die Heu auflud. Als er deren Traktor erreichte, der halb auf dem Feldweg und halb auf der Wiese stand, näherte sich ein Jeep. Er stopfte den Apfel, von dem er gerade einen Bissen genommen hatte, in seine Hose, packte eine Heugabel, die an den Anhänger gelehnt war und flitzte zu den Arbeitern. Dort stach er in einen Haufen und wuchtete das Gras auf den Wagen. Auch als das Fahrzeug verschwunden war, arbeitete er weiter. Die Knechte und Mägde luden ihn ein, ihnen in ihrer Pause Gesellschaft zu leisten und sich an ihrem Vesper zu beteiligen. Beschwingt und aufgemuntert durch deren Herzlichkeit und Geselligkeit, gestärkt durch die Brotzeit aus reichlich Speck, Käse, Eiern und Brot nahm er seine Wanderung wieder auf.

Am Abend ließ ihn ein altes Bauernpaar in seiner Scheune übernachten. Sie wollten sich nicht von den Besatzern einschüchtern lassen. Diese hatten gedroht, das Haus anzuzünden, sollten sie jemanden erwischen, der einem deutschen Soldaten Unterschlupf bot. Ihre Hilfsbereitschaft berührte ihn tief. Er spürte, wie seine Augen feucht wurden, und es beschämte ihn, sich nicht revanchieren zu können.

Am nächsten Tag traf er eine Landwirtin, die ihn in ihre Küche führte und mit Maultaschen verköstigte, während ihre Kinder im Hof Schmiere standen, um rechtzeitig Alarm zu schlagen, falls Amis auftauchen sollten. Auch hier bedauerte er es, seiner Gastgeberin nichts zurückgeben zu können, obwohl diese betonte, dass ihr Tun selbstverständlich und nichts Besonderes sei.

Unweit von Stuttgart geriet er beinahe erneut in Sichtweite des Militärs. Kurz bevor er eine größere Straße überqueren musste, sah er eine amerikanischen Autokolonne. Er konnte sich gerade noch rechtzeitig auf den Boden einer kleinen Senke werfen und robbte zu dichtem Gebüsch, das ihm Deckung bot. Eine Reihe von offenen grünen Geländewagen, deren Dächer nur aus einer Plane bestanden, fuhr langsam an ihm vorbei. Die Soldaten verschiedenster Hautfarben von weiß über goldbraun bis tiefschwarz, alle mit einem Helm auf dem Kopf, wirkten fröhlich, lachten und schwatzten. Ihre Kleidung war intakt, sie waren wohlgenährt, voller Energie, gepflegt und ausgeruht. Größer hätte der Kontrast zu ihm nicht sein können. So schnell er konnte, lief er auf einen Wald zu. Dort stieß er auf eine Hütte, in der er die Nacht verbrachte.

Kapitel 16: **Stuttgart**

Die Gewitterwolken hatten sich verzogen, als Karl das Zentrum von Stuttgart erreichte. Kaum noch etwas erinnerte an den Ort seiner Kindheit und Jugend. Wohin er auch blickte, die ganze Innenstadt war eine Trümmerlandschaft aus Steinhaufen, Ruinen, ausgebrannten Häusern, Fassaden und Mauerresten. Die Flugzeuge, die 1944 ihre tödliche Fracht abgeworfen hatten, hatten ganze Arbeit geleistet.

Er wollte sich nicht daran erinnern, wie es hier vorher ausgesehen hatte. Aber die Bilder drängten in sein Bewusstsein. Die ganzen Zerstörungen, der Krieg, der ihm Jahres seines Lebens genommen, in dem er Kameraden, Freunde und Verwandte verloren hatte, all das war völlig sinnlos. Nie wieder würde es werden wie zuvor. Vielleicht würden die Wunden niemals heilen. Er versuchte, diese düsteren Gedanken abzuschütteln, indem er sich ins Bewusstsein rief, dass er es bis hierher, bis fast zu seinen Eltern geschafft hatte. Ins Grübeln zu geraten, war gefährlich. Es ließ ihn unaufmerksam werden. Überall konnte er auf Besatzungssoldaten stoßen, denen er keinesfalls in die Arme laufen durfte. Fuhrwerke,

Schubkarren und Bollerwagen ratterten durch die Stadt, Pferdehufe klapperten über Asphalt und Kopfsteinpflaster. Die breiten Straßen waren soweit von Schutt befreit, dass sie wieder befahrbar waren. Autos versuchten, sich mit Hupen, Radfahrer mit Klingeln Durchgang zu verschaffen. Überall wurde geklopft, gehämmert und gesägt. Die Luft war erfüllt von Steinstaub und Sägemehl, die in Hals und Nase kitzelten, von Autoabgasen und dem Gestank von Pferdeäpfeln. Rechts und links der Wege waren die Trümmer etwa kniehoch zusammengeschoben worden, Trottoirs waren wieder begehbar. Dahinter erhoben sich Ruinen und Mauerreste, die teilweise aussahen, als könnten sie jeden Moment in sich zusammenfallen. Aber das Leben war zurückgekehrt. Frauen, in Kopftücher gehüllt, mühten sich ab, den Schutt auf Wagen zu laden. Plötzlich stutzte er. Eine von ihnen kam ihm bekannt vor. Aber wer war sie? Sie hatte ihn auch bemerkt und lief auf ihn zu. Zuerst schien auch sie zu rätseln, wen sie entdeckt hatte. Dann hellte sich ihre Miene auf. „Ich glaub' s nicht. Der Karl ist zurück! Dünn bist du geworden. Ich hätte dich fast nicht mehr erkannt."

Noch bevor er etwas erwidern konnte, fiel sie ihm um den Hals und drückte ihn an sich. Er war von ihrer Herzlichkeit völlig überrumpelt. Erna, eine Cousine zweiten Grades, war schon immer überschwänglich gewesen, aber er hätte nicht damit gerechnet, dass sie sich so sehr über ein Wiedersehen freuen würde. Sie löste die Umarmung und ein Schwall aus Worten ergoss sich über ihn. Er erinnerte sich an ihre Angewohnheit, ohne Punkt und Komma auf ihr Gegenüber einzureden und unvermittelt von einem Thema zum anderen zu springen. „Stell dir vor, meine ganze Familie hat den Krieg überlebt! Letzte Woche sind sogar Josef und Manfred zurückgekommen. Ich bin fast verrückt geworden aus Angst um sie. Weißt du was, ich begleite dich bis vorne an die Straßenkreuzung."

Er wollte sie so vieles fragen, ob ihr Haus auch zerstört worden war und wenn ja, wo sie wohnte und manches mehr. Er hatte aber keine Chance, zu Wort zu kommen. Er schaute sie an. Sie hatte ein wenig abgenommen, das Gesicht war schmaler geworden und wirkte nun noch länglicher. Sie schien aber keinen Hunger zu leiden. Vermutlich bekam sie von ihrem Vater, der ein paar Kilometer von Stuttgart entfernt einen Bauernhof betrieb, ausreichend zu essen. Unter ihrem Kopftuch schaute ein kurzes, dunkelblondes Pony hervor. Ihre Kittelschürze und Schuhe waren leicht verdreckt, aber nicht zerrissen oder löchrig. Die Haut war braun gebrannt, die Wangen etwas verschmiert, wo sie versucht hatte, Staub und Schweiß wegzuwischen. In den Augenwinkeln entdeckte er erste kleine Falten. Er staunte über die Mischung aus Freude und Trauer, die sie ausstrahlte. Ihr Blick war nicht stumpf, wie er es bei vielen anderen gesehen hatte, ihr Gang trotz der klobigen Schuhe nicht schwer, sondern leicht, fast ein wenig beschwingt. „Auch wenn's arg anstrengt. Ich kann etwas Sinnvolles tun, die Trümmer wegräumen, dass es dann hoffentlich bald aufwärts geht. Manchen hilft es, sich abzulenken und nicht ständig darüber zu grübeln, ob die Lieben noch leben und wo sie sind. Wir laden den ganzen Schutt auf den Karren. Ein Pferd zieht ihn dann zur Trümmerbahn. Lastwagen gibt's ja hier keine mehr. In manchen Straßen fährt die Straßenbahn wieder, und die bringt dann das ganze Zeug zum Monte Scherbelino".

Als sie Karls fragenden Blick und sein Schmunzeln sah, erklärte sie: „Monte Scherbelino, so nennen wir hier den Birkenkopf, die Sammelstelle für das ganze Geröll und den Schrott."

Noch bevor sie die Kreuzung erreicht hatten, rannte eine der Frauen, mit denen zusammen sie die Trümmer beiseite geschafft hatte, hinter ihnen her und rief: „Erna komm schnell! Ich glaub dort liegt ein Toter! Die

Knochen, die da rausragen, sehen aus wie Finger. Komm, mach schnell, beeil dich!"

„Tut mir leid Karl. Ich muss zurück. Dabei hätte ich so gerne gehört, wie es dir ergangen ist. Wir müssen uns unbedingt mal treffen und dann erzählst du alles. Mach's gut!"

Sie nahm seine Hand und schüttelte sie heftig. Als sie sich schon umgedreht hatte, fragte Karl: „Erna, weißt du, wie es meinen Eltern geht? Leben sie wirklich noch?"

Sie wandte sich noch einmal kurz um und erwiderte: „Ja, ja, sie leben und sind gesund. Sie wohnen noch immer bei den Verwandten", dann eilte sie zu den Frauen zurück.

Immer wieder machte Karl Umwege, bog in kleine Seitenstraßen ab, die eher Wegen oder Pfaden glichen, versteckte sich hinter Mauerresten, wenn er in der Ferne einen Jeep sah. Einmal hastete er über einen Trampelpfad, der über einen Hügel von Schutt führte, versteckte sich in einem Bombenkrater und harrte aus, bis das Auto vorbeigefahren war. Erneut schickte er ein kurzes Dankesgebet zum Himmel, nicht entdeckt worden zu sein. Als er zur Straße zurückging, kam ihm eine Schar von Kindern entgegen. Alle waren völlig verdreckt, ihre Kleidung war zerrissen. Ein Kind, vermutlich ein Bub von vielleicht 10 Jahren, stützte sich auf einen Stecken, der ihm als Krücke diente. Einem anderen, das nur wenig älter war, fehlte der linke Arm. Ihre Gesichter waren total verschmutzt, sodass das Weiß ihrer Augen hervorstach. Was ihn erschütterte, war jedoch nicht ihre äußere Erscheinung, es war der Ausdruck in ihren Augen. Die Härte und Kälte, die sie ausstrahlten, löste bei ihm eine Gänsehaut aus. So hatte er sich den Blick von Wölfen vorgestellt, die er nachts in Russland, wenn die Kanonen, Maschinengewehre und Flugzeuge verstummt waren, in der Ferne hatte heulen hören. Wortlos gingen sie aneinander vorüber. Ein Junge, von der Größe her eher schon ein Jugendlicher, mit verfilzten, schulterlangen Haaren verströmte einen derart starken Geruch von Fäulnis und Eiter, dass er gegen einen Würgereiz ankämpfen musste. Er wollte ihn nicht ansehen, aber irgendetwas zwang ihn dazu. Die oberen Schneidezähne fehlten, die unteren bestanden nur noch aus Stümpfen. Abrupt wandte er sich ab und eilte zur Straße.

Die Fabrik, oder was immer es gewesen war, ein paar Meter links von ihm, war nur noch eine Ruine. Der Schornstein war jedoch stehen geblieben und ragte wie ein mahnend erhobener Zeigefinger in den Himmel. Das Haus daneben war ein Gerippe ohne Dach und ohne Decken. Er kam am Neuen Schloss vorbei. Von seiner früheren Pracht war kaum noch etwas zu sehen. Die großen Fenster waren gähnende Löcher in einem Skelett aus Mauern. Lediglich der Hirsch, das Wappentier der Schwaben, thronte nach wie vor unversehrt auf seinem Podest, die Vorderbeine auf einen großen Stein gestützt, den Kopf mit seinem Geweih stolz in den Himmel gereckt. Auch die Ruinen des Alten Schlosses ließen kaum noch auf seine ehemalige Bestimmung schließen. Die Balkone mit ihren verzierten Säulen und Brüstungen waren verschwunden. Aber auch hier hatte der Ritter, auf seinem Pferd sitzend und in der rechten Hand das Schwert empor hebend, die Angriffe überlebt. Die Giebelhäuser am Marktplatz mit ihren herrlichen Fassaden, Türmchen und Fachwerk gab es nicht mehr. Zweihundert Meter weiter kam er an einem Haus vorbei, von dem Teile des Erdgeschosses erhalten geblieben waren. Über der Tür hing ein Schild „Schwanen Apotheke". Ob die Apotheke ihren Betrieb wieder aufgenommen hatte, konnte er nicht erkennen. Die Ruinen daneben schienen wieder bewohnt zu sein. Er blieb kurz stehen und schaute genauer hin. „Ja", hörte er, wie eine Frau, die einen kleinen Jungen an der Hand hielt, zu einer anderen sagte: „Wir sind zurückgekehrt und wohnen jetzt im Keller. Der Rest der Familie wohnt in einer notdürftigen Baracke. Immer noch besser, als in einem Bunker oder unter einer Brücke zu hausen.

Übrigens, falls Sie Hunger haben, wir kommen gerade aus Untertürkheim, ist zwar ziemlich weit weg, aber dort gibt das Rote Kreuz Essen aus. Bis zu 5000 Leute kommen jeden Tag, sagte mir heute jemand. Eberhard bleib da!"

Sie lief ihrem Sprössling hinterher, der sich aus ihrer Hand gelöst hatte und die Straße hinuntergelaufen war. Erst jetzt spürte Karl, wie hungrig er war. Aber Untertürkheim lag zu weit von dem Stadtteil entfernt, in dem seine Eltern Zuflucht gefunden hatten, nachdem ihr Haus zerstört worden war.

Inzwischen stand die Sonne tief am Horizont und warf lange Schatten. Es war später, als er gedacht hatte. Er wusste nicht, ob die Amis eine Ausgangssperre verhängt hatten und wollte auf jeden Fall vor Einbruch der Dunkelheit zu Hause sein. Er ermahnte sich, schneller zu laufen. Je weiter er sich vom Zentrum entfernte und den Talkessel hinter sich ließ, desto weniger war vom Krieg zu sehen. Die Bäume waren wieder grün und nicht mehr nur Reste von verkohlten Stämmen und Ästen. Die meisten Häuser waren stehen geblieben. Die Luft war frischer, nicht mehr vom Staub erfüllt, den der Wind aufgewirbelt hatte. Der Weg zog sich jedoch in die Länge und wurde immer steiler. Um die Strecke abzukürzen, folgte Karl nicht weiter der Straße, sondern den Treppen, die direkt nach oben führten. Er hatte fast keine Kraft mehr und fürchtete, es nicht mehr zu schaffen. Die Schuhe wurden immer schwerer, seine Beine fühlten sich bleiern an, und er kämpfte sich mühsam Stufe um Stufe hinauf. Endlich war es geschafft! Seine Mutter, die gerade Wäsche auf hängte, sah ihn kommen und rannte ihm entgegen. Sie fielen sich in die Arme, hielten sich eng umschlungen, weinten und waren kaum fähig, etwas zu sagen. Lediglich seine Mutter stammelte immer wieder: „Mein Bub, mein Bub."

Sie wollte ihn nicht mehr loslassen. Erst als sein Vater in der Tür erschien und seinen Namen rief, löste sie die Umarmung. In der Wohnung angekommen, war ihm, als sei auch die letzte Kraft aus ihm gewichen. Ihm wurde schwarz vor Augen. Nur mit Hilfe seiner Eltern schaffte er es, den halben Meter bis zum Stuhl zu gehen und sich zu setzen. Dann verlor er für ein paar Sekunden das Bewusstsein. Sein Kopf sank auf den Körper seiner Mutter, die ihn erneut festhielt. Wieder kamen ihnen die Tränen. Sein Vater schlang die Arme um seine Frau und seinen Sohn und drückte sie an sich. Auch er begann zu weinen. Keiner sprach etwas. Ihre Freude, Dankbarkeit und Erleichterung, überlebt und sich wieder gefunden zu haben, überwältigte sie und war so groß, dass keine Worte sie hätten ausdrücken können. Minuten lang verharrten sie in dieser Position.

Karl genoss das Bad, das seine Mutter ihm eingelassen hatte, das saubere, warme Wasser, den Geruch der Seife. Wieder kamen ihm die Tränen. Er hatte das Unmögliche geschafft, er war tatsächlich nach Hause gekommen. Er blieb im Wasser liegen, bis es kalt wurde. Dann wickelte er sich in ein blütenweißes, weiches Badetuch und ging in die Küche. Seine Mutter hatte ihm Pellkartoffeln mit Quark zubereitet. Nie zuvor hatte ihm dies so gut geschmeckt. Danach fiel er ins Bett und wachte erst 15 Stunden später wieder auf. Seine Eltern drängten ihn nicht, zu berichten. Das hatte Zeit. Er war zurückgekehrt, und das war das Einzige, was zählte.

Kapitel 17: **Vögisheim – Stuttgart – Vögisheim**

Als Gretel sich ihr Nachthemd über den Kopf zog, wurde ihr schlagartig klar, was sie tun würde, tun musste: Karl nach Hause holen! Mit dem Fahrrad, so bald wie möglich! Heute Nachmittag hatte sie es von Luise, einer Nachbarin, erfahren. Ihr Mann sei in Stuttgart angekommen. Sie war wie elektrisiert gewesen, hatte nicht einmal daran gedacht, zu fragen, woher diese Information kam. Sie rannte nach Hause und erzählte es allen. Ihre Mutter schaute skeptisch. Gretel jedoch war überglücklich, wirbelte mit ihrer kleinen Nichte Herta durch die Gaststube und rief jedem zu: „Karl ist zurück, Karl ist zurück!"

Sie stieß versehentlich den halbvollen Putzeimer um, merkte es kaum und tanzte weiter. Sie kam erst zum Stehen als Herta quengelte: „Tante, mir ist ganz schwindlig."

Sie ging mit ihr vor die Tür. Selten hatten die Rosen in so satten Farben geblüht und die Abendsonne die Umgebung in ein derart mildes Licht getaucht. Selbst der Kater sah nicht mehr so unansehnlich und zerzaust aus wie am Tag zuvor.

An diesem Abend fiel ihr das Bedienen in der Gaststätte leicht. Nicht einmal der mürrische Stammgast, der ständig etwas auszusetzen hatte, ging ihr auf die Nerven. Sie hatte das Gefühl, als schwebe sie wenige Zentimeter über dem Boden. Ihre Mutter war von ihrer Idee überhaupt nicht begeistert. Sie erklärte Gretel für verrückt und brachte die verschiedensten Einwände vor. „Wie willst du denn nach Stuttgart kommen? Es ist viel zu weit weg und liegt in der amerikanischen Zone. Die Fahrt ist viel zu gefährlich. Erst gestern hat mir Marie von einer Frau erzählt, die allein unterwegs war und überfallen, ausgeraubt und vergewaltigt wurde. Und was ist, wenn du es nicht schaffst, rechtzeitig einen Platz zum Übernachten zu finden? Wenn du nach der Sperrzeit auf Franzmänner oder Amis triffst? Dir ist hoffentlich klar, dass sie die Sperrzeit sehr genau nehmen. Du darfst ihnen nach Einbruch der Dunkelheit auf keinen Fall in die Arme laufen. Wer weiß, was dir dann blüht und welche Strafe dann auf dich wartet? Dann siehst du deinen Karl jahrelang nicht wieder und kannst froh sein, wenn sie dich nicht zum Tode verurteilen oder gleich erschießen. Und außerdem kannst du mich jetzt nicht im Stich lassen. Du hast ja gesehen, was die letzten Tage hier los war. Ich brauche dich unbedingt in der Gastwirtschaft.“

Dies hatte aber nur dazu geführt, dass sie umso entschlossener war, ihren Plan in die Tat umzusetzen. Karl musste Schreckliches durchgemacht, Todesängste ausgestanden, gehungert und gefroren haben, während sie in Sicherheit gelebt hatte. Ging es ihm gut? War er verwundet oder krank? Wurde er auch von Albträumen heimgesucht, wie ihr Nachbar Heinrich, der aus Frankreich zurückgekommen war? Sie musste ihn zurückholen, koste es, was es wolle.

Kurz nach Sonnenaufgang brach sie auf. Sie genoss die kühle Morgenluft, die Ruhe und das Alleinsein auf weiter Flur. In der Ferne grasten Rehe, Raubvögel zogen hoch oben ihre Kreise. Hier, weitab von Städten, wies nichts darauf hin, dass sich das Land bis vor Wochen im Krieg befunden hatte. Es war nichts zu sehen von Bombardierungen, Feuersbrünsten und Zerstörungen. Die Freude, Karl wiederzusehen, aber auch die Sorge um ihn, spornte sie an. Sie kam gut voran. Im Laufe der Morgenstunden wurde es auf der Landstraße lebhafter. Zweimal fuhren Militärlastwagen an ihr vorbei. Niemand nahm von ihr Notiz. Sie übernachtete in Heuböden. Die Bauersleute waren voller Bewunderung, als sie von ihrem Vorhaben erfuhren und luden sie zum Essen ein. Unterwegs ernährte sie sich von Äpfeln, Birnen und Zwetschgen.

Einmal gelang es ihr, eine Kuh zu melken. Zum ersten Mal war sie ihrer Mutter dankbar, die sie zu solchen Arbeiten anhielt.

Je näher sie der amerikanischen Zone kam, desto aufgeregter wurde sie. Würde alles gut gehen? Hoffentlich musste sie keine endlosen Durchsuchungen über sich ergehen lassen. Waren Ausweis und Passagierschein in Ordnung? Hatte man sie auf dem Rathaus richtig informiert? Sie befahl sich, sich zusammenzureißen. Sie durfte keinesfalls mit ihrer Nervosität den Verdacht erregen, es stimme etwas nicht.

In ihrer Satteltasche steckte eine kleine Flasche Kirschwasser, ein Geschenk für ihre Schwiegereltern. Wenn nötig, würde sie sie einsetzen, um den Soldaten dazu zu bewegen, sie über die Grenze gehen zu lassen. Sie hielt an und atmete tief durch, als sie die Schilder „Amerikanische Zone" und „Halt, Stop, Control" erblickte. Der Schlagbaum ragte fast senkrecht in die Höhe. Zwei Lastwagen fuhren aneinander vorbei. Einer hatte den Kontrollposten bereits passiert und kam ihr entgegen. Der Motor knatterte und stotterte und stieß grau-weiße Abgaswolken aus. Der andere LKW hielt vor einem Holzhäuschen. Über der Ladefläche war eine Plane gespannt.

Der Fahrer stieg aus und löste die Gurte. Der Grenzsoldat nahm sich viel Zeit. Er öffnete die Kisten, durchsuchte den Inhalt, inspizierte die Fahrerkabine und studierte die Papiere. Sie wartete, bis die Kontrolle zu Ende war, der Fahrer die Gurte wieder festgezurrt hatte und weitergefahren war. Dann radelte sie die letzten Meter bis zum Schlagbaum, der in unveränderter Position verharrte. Sie strahlte den Amerikaner an, einen sehr jungen, großen GI mit kurzen hellblonden Haaren, muskulös und gut genährt. Sie grüßte mit einem fröhlichen „Hallo", das in weniger aufgekratztem Ton erwidert wurde, und streckte ihm ihre Papiere entgegen. Er schaute sie sich an und gab sie ihr wortlos zurück. Nun öffnete er ihre Satteltaschen, durchwühle den Inhalt, nahm ein paar Kleidungsstücke heraus, hob sie in die Höhe und stopfte sie wieder zurück. „O.K.", sagte er, „Sie können weiter".

Erst jetzt merkte sie, dass sie den Atem angehalten hatte. Sie schob ihr Rad ein paar Meter und verschloss die Satteltaschen. Am liebsten hätte sie ihre Freude laut hinausgerufen. Es war alles gut gegangen! Sie fühlte sich leicht, beschwingt und von einer Last befreit. Voller Zuversicht, auch die restliche Strecke zu bewältigen, schwang sie sich in den Sattel.

Obwohl sie von den Bombenangriffen auf die Stuttgarter Innenstadt gehört hatte, war sie doch nicht auf diesen Anblick vorbereitet. Das ganze Zentrum war zerstört. Von den vielen Säulen des Königsbaus waren nur ganz wenige stehen geblieben. Die Treppe war völlig mit Geröll bedeckt. Ein Gotteshaus bestand lediglich noch aus einem Altar und einem Kreuz mit dem angenagelten Christus. Die Türme einer anderen Kirche wirkten wie abgesägt. Die Wege waren frei geräumt. Rechts und links, hinter Trümmern und Schutt, ragten die Mauern auf, die nicht in sich zusammengefallen waren. An manchen Stellen reichten die Berge aus Brettern, Blech- und Möbelteilen, Steinen und Geröll bis ins erste Obergeschoss. Die großen Lücken in den Vorderseiten gaben den Blick frei auf Treppenhäuser und leere Zimmer. Vereinzelt wurden Decken mit eisernen Pfählen gestützt. Es roch nach Staub und Dreck. Wo sie hinsah, herrschte reges Treiben. Die voll bepackten Loren und Wagen ratterten über die Wege, vereinzelt fielen laut krachend Steine herunter. Dazwischen mischten sich Lachen, Rufen und Fluchen. Scharen von Frauen waren dabei, die Bruchstücke zu beseitigen. Einige mühten sich ab, Mauerreste mit Hacken und Schaufeln einzureißen. Andere zerkleinerten die Brocken oder zerhackten den Schutt. Weitere bargen die intakt gebliebenen Ziegel und Backsteine, reichten sie der ersten von einer

Reihe von Arbeiterinnen, die eine Kette bildeten und die Steine von Hand zu Hand bis zur Straße weitergaben. Die letzten legten sie auf Tische, Holzblöcke oder ähnliches. Mit Hämmern wurde der Mörtel abgeklopft oder mit Messern abgekratzt und die gesäuberten Steine aufeinander gestapelt. Auf der anderen Straßenseite reichten Frauen Eimer in einer Kette weiter und entluden sie am Ende in Karren. Etwas weiter entfernt zogen und schoben Frauen voll beladene Wagen. Ein paar schleppten lange Balken aus Holz oder Stahl. Sie verrichteten diese schweren Knochenarbeiten mit einfachen Werkzeugen. Nirgendwo waren Maschinen zu sehen, die die Schufterei erleichtert hätten. Auch waren die Arbeiten nicht ungefährlich. An verschiedenen Stellen ragten spitze Stangen und Röhren aus dem Boden, Wände drohten einzustürzen, Trümmer herunterzufallen.

Gretel schätzte, dass kaum eine der Frauen älter als 50 Jahre alt war. Auch ein paar Backfische, die wahrscheinlich noch keine 18 waren, halfen mit. Die meisten hatten Kittelschürzen oder Röcke, vereinzelte Hosen an. Eine Frau trug lediglich ein Bikinioberteil, eine andere nur ein Unterhemd. Manche verzichteten aufs Kopftuch. Die Kinder hatten die Trümmerfelder zu ihrem Spielplatz gemacht. Gerne hätte Gretel dem Treiben eine Weile zugeschaut, beeilte sich aber, das Zentrum hinter sich zu lassen, um möglichst schnell bei Karl zu sein. Mehrmals musste sie nach dem Weg fragen. Als sie die Straße erreichte, in der ihre Schwiegereltern lebten, blieb sie stehen. Das Haus mit der Nummer 7b musste ganz in der Nähe sein.

Zur gleichen Zeit schaute Karl aus dem Fenster in der Hoffnung, den Postboten zu erblicken. Er erstarrte. Was er sah, konnte nicht sein. Er blickte noch einmal ganz genau hin. Der Anblick veränderte sich nicht. Er blieb wie angewurzelt stehen und stierte hinaus. Es war viel zu schön, um wahr zu sein. Er bekam Angst und zitterte. Er durfte sich nicht freuen. Wenn er sich irrte? Wenn ihm seine Seele ein Wunschbild vorgaukelte? Wenn er den Verstand verloren hatte? Vielleicht litt er unter Halluzinationen. Das Bild veränderte sich, geriet in Bewegung. Nun gab es für ihn kein Halten mehr. Er stürmte aus dem Haus. Gretel ließ ihr Rad fallen und rannte auf ihn zu. Sie schauten sich an, fielen sich in die Arme und weinten. Das Weinen ging in Schluchzen über. Ihre Körper bebten, erschüttert von Heulattacken. Sie bekamen kaum noch Luft. Die Tränen liefen ihnen das Gesicht hinunter. Auch als diese langsam versiegten, hielten sie einander minutenlang eng umschlungen, den anderen fest an sich gedrückt, als wollten sie sich nie wieder loslassen. Noch immer sprachen sie kein Wort. Dann küssten sie sich, leidenschaftlich und hungrig, immer und immer wieder. Die innere Anspannung löste sich, eine zentnerschwere Last fiel von ihren Schultern. Der Krieg hatte sie nicht auseinanderbringen können. Inzwischen war Karls Mutter auf die Straße getreten. Sie bat sie, hereinzukommen. Sie hörten es nicht. Erst als auf sie zuging und Karl auf die Schulter tippte, lösten sie sich voneinander und näherten sich dem Haus.

Als sie am Küchentisch saßen, wurde Gretel bewusst, wie sehr Karl sich verändert hatte. Er war so dünn geworden, dass sie erschrak. Er war abgemagert, seine Wangen waren eingefallen, die Lippen aufeinander gepresst, sein Mund war ein langer schmaler Strich. Seine Haare hatten ihren Glanz verloren. Er wirkte schwach und gebrechlich, wie jemand, der eine schwere Krankheit überwunden hatte und sich zu erholen begann. Hinter der Freude, sie wieder zu sehen, spürte sie eine Traurigkeit, Schwere und Lethargie. Sie wünschte, sie könnten sich zurückziehen, alleine sein. Sie wollte seinen Schmerz teilen, ihn trösten, aber auch seinen Körper spüren, wie er in sie eindrang, sich gänzlich mit ihm vereinen, seine Nähe auskosten.

Als seine Mutter am Herd stand, begann Karl zu berichten. Es wurde dunkel, begann zu regnen, Tropfen prasselten ans Fenster. Aber sie bemerkten es nicht. Die Mutter stellte Spätzle mit Linsen auf den Tisch. Sie rührten sie nicht an. Das Essen wurde kalt. Sie sah, welch großes Wunder es war, das Karl wiederholt nur knapp dem Tod entronnen war. Es beschämte sie, dass es ihr so gut gegangen war. Sie hatte seit langem an der Existenz Gottes gezweifelt. Aber vielleicht hatte ihre Mutter doch Recht, dass er einen Schutzengel geschickt hatte. Sie war erfüllt von Dankbarkeit, Freude und Erleichterung, hätte gleichzeitig tanzen und weinen können, lediglich die Anwesenheit ihrer Schwiegereltern hielt sie davon ab.

Als Karl seinen Bericht beendet hatte, sagte niemand etwas. Er rückte auf Gretel zu, legte einen Arm um ihre Schulter, mit der anderen Hand strich er ihr zärtlich eine Haarsträhne aus dem Gesicht und schob sie hinter ihr Ohr. Sie war verschwitzt, zerzaust, das Gesicht verschmiert, braun gebrannt, was ihre blonden Haare und blauen Augen noch heller erscheinen ließ. Sie war hübscher als je zuvor. Auch wenn sie erschöpft war, strahlte sie Energie und Zuversicht aus. Karl war sicher, dass er es in ihrer Begleitung bis Vögisheim schaffen würde. Seine Eltern hatten lediglich die Küche, die sie mit ihren Verwandten teilten, und einen Raum, das als Schlaf- und Wohnzimmer diente. Sie mussten so bald wie möglich nach Hause fahren. Keine Mutter, kein Vater, keine Einwände würden sie davon abhalten. Er lieh sich das Rad seines Vaters, eines der wenigen Besitztümer, die ihm nach dem Bombenangriff erhalten geblieben waren.

Früh am nächsten Morgen verabschiedeten sie sich. Sie wählten Nebenstraßen, um Militärposten auszuweichen. Gretel radelte voraus, um zu erkunden, ob die Luft rein war. Ihr konnte nichts passieren. Sie hatte die erforderlichen Nachweise, Karl jedoch fehlten die Entlassungspapiere. Er durfte sich keinesfalls von den Amis erwischen lassen. Sie würden ihn sofort gefangen nehmen. Sie war überrascht, mit welch lässiger Haltung die Amerikaner ihren Dienst versahen. Einer hatte sich sogar einen Sessel mitgebracht. Von Gretel nahm er keine Notiz. Er war von Kindern umringt, unter denen er Kaugummi und Schokolade verteilte. Seine Haltung war eine ganz andere, als die der deutschen Wehrmacht, sie hatte nichts soldatisch-zackiges. Die Augen der Kinder strahlten, ein Anblick, der selten geworden war. Der Soldat war jung, gesund, nicht abgemagert oder ausgezehrt. Sein Jeep, sportlich, klein und wendig,

gefiel ihr. An dem Auto war ein Maschinengewehr angebracht, ein Anblick, der sie frösteln
ließ. Der Überfluss der Amerikaner – selbst
Benzin schien ausreichend vorhanden zu sein
– stand in krassem Gegensatz zum Mangel
und Elend in Deutschland, besonders in den
Städten. Die Bevölkerung litt Hunger und hatte alles verloren.

Endlich hatten sie Stuttgart hinter sich gelassen. Sie fuhren vorbei an Reben mit unrei-
fen Trauben, an Wiesen, die nach frisch ge-
mähtem Heu dufteten, Stoppelfeldern und
durch kleine Wälder. Ebene Strecken und Abfahrten bereiteten Karl keine Probleme. Ge-
genwind hatten sie kaum. Er war jedoch zu
schwach, um Anstiege zu bewältigen. Ohne,
dass er es bemerkt hatte, hatte sich Gretel
von seiner Mutter eine dicke Schnur geben
lassen. Vor jeder Anhöhe band sie die Räder
zusammen. Nie zuvor hatte sie so stark tre-
ten müssen, sich so abgequält und solche
Schmerzen in den Oberschenkeln verspürt.
Manchmal brachte sie es nur mit größter An-
strengung fertig, die Pedale hinunterzudrü-
cken. Sie schwitzte, der Schweiß tropfte auf
ihre Beine. Vor Abfahrten trennten sie die Räder wieder. Sie genossen es, sie laufen zu
lassen und den Fahrtwind zu spüren, der die
verschwitzte Haut kühlte. Manchmal ließ Gretel ihren Gefühlen freien Lauf, jauchzte, lach-

te oder rief: „Es ist vorbei, es ist vorbei! Wir sind wieder zusammen."

Viel zu schnell waren sie jedes Mal wieder unten angekommen.

Am Abend suchten sie Unterschlupf auf Bauernhöfen. Karl wartete, während Gretel vorausging und fragte, ob sie auf dem Heuboden übernachten könnten. Sie wurden kein einziges Mal abgewiesen. Lediglich eine Bäuerin reagierte skeptisch und ablehnend, als sie hörte, dass Gretel mit ihrem Mann unterwegs war. Als sie jedoch sah, wie schwach, gebrechlich und abgemagert Karl war, veränderte sich der Ausdruck ihrer Augen. Sie strahlte eine Wärme aus, die Gretel nicht für möglich gehalten hätte. Auch sie bot ihnen etwas zum Essen an. Bevor sie zu Bett ging, brachte sie ihnen eine Decke für die Nacht. Karl war so erschöpft, dass er, sobald er sich hingelegt hatte, den Kopf in Gretels Schoß gebettet, einnickte. Er schlief sehr unruhig, wälzte sich hin und her, stöhnte, murmelte Worte, die sie nicht verstand. Sie redete beruhigend auf ihn ein, streichelte sein Gesicht und seine Haare. Wenn sie ihn am nächsten Morgen darauf ansprach, konnte er sich an nichts erinnern.

Ihre Anspannung wuchs, je näher sie der französischen Zone kamen. Gretel hatte vorgehabt, einen Umweg durch den Wald über die grüne Grenze zu wählen. Nachdem sie jedoch gesehen hatte, wie beschwerlich das Radfahren für Karl war, entschloss sie sich, den kürzesten Weg zu nehmen. Auf diesem lag jedoch der Kontrollposten. Hinter einer Kurve in einiger Entfernung entdeckten sie ihn. Hoch oben in der Luft am Ende einer langen Stange flatterte die Trikolore im Wind. Zwei Baumstämme, etwa zwanzig Meter voneinander entfernt, ruhten auf x-förmigen Gestellen und versperrten den Weg. Rechts und links ragten zwei kleine Hütten empor. Sie lockerte die Schrauben ihres Vorderrades. Dann trennten sich ihre Wege. Karl ging auf eine Streuobstwiese zu. Mühsam schob er das Rad durch das hohe Gras. Zweimal verhakten sich kleine Äste in den Speichen. Es hatte Probleme, sie herauszuziehen. Am Ende der Wiese, etwa 150 Meter vom Grenzposten entfernt, kauerte er sich hinter eine dichte Brombeerhecke.

Gretels Rad schepperte und klapperte. Sie wagte es nicht, die wenigen Meter bis zum Schlagbaum zu fahren. Sie schob das Rad, bemüht, den Wasserlachen, die sich in den Fahrrinnen gebildet hatten, auszuweichen. Beim Näherkommen bemerkte sie das Schild:

„Französische Zone" - „Halt, Stop, Control".
Jetzt sah sie auch den Soldaten neben einem
der Häuschen stehen. Sein junges Gesicht
war kantig, fast rechteckig. Das Kinn, durch
eine tiefe Falte zweigeteilt, stach deutlich
hervor. Die kleinen Augen verschwanden fast
in den Augenhöhlen. Er wirkte selbstbewusst
und blickte sie freundlich an. Sie schaute ihm
ein paar Sekunden länger als üblich in die
Augen. Er hielt ihrem Blick stand. Es schien
ihm zu schmeicheln, dass sie Gefallen an ihm
fand. „Mon vélo…" Gretel rüttelte am Lenker
und erklärte in fast fehlerfreiem Französisch
und nur leichtem Akzent, dass sie Probleme
mit ihrem Vorderrad hatte. Er war überrascht
und irritiert. Sie sagte ihm, dass sie bei Besuchen von Verwandten in Paris Französisch
gelernt hatte. Er war gerne bereit, ihr zu helfen. Er strahlte, als er erwähnte, dass er kurz
vor dem Krieg bei der Tour de France den
dritten Platz errungen hatte. Sein Werkzeug
befand sich in seinem Wagen, den er einige
Meter weiter geparkt hatte.

Karl, der sich in Gretels Gegenwart sicher
gefühlt hatte, spürte, wie die Angst zurück-
kehrte. Seine Erschöpfung merkte er nicht
mehr. Er schwitzte, sein Herz raste. Er musste es mindestens bis zum Holzstapel schaffen,
bevor der Franzose zurück war. Hatte sein
Rad zuvor schon geklappert? Seine Hand
streifte die Hecke. Die Dornen kratzten seine

Haut auf. Mehrere Stellen bluteten, aber er achtete nicht darauf. Wasser spritzte auf, drang in seine Schuhe, die jetzt bei jedem Auftreten quietschten. Der Soldat drehte sich aber nicht um, sondern kramte weiter in seinem Auto. Schritt für Schritt, so leise und schnell wie möglich, bewegte er sich vorwärts. Erneut verfing sich ein Zweig im Hinterrad. Hastig riss er ihn heraus. In dem Moment, als sich der Franzose umdrehte und zurücklief, hatte er sein Versteck erreicht.

Gretel hielt das Rad, während ihr Helfer die Schrauben festdrehte. Sobald er sich hinunter beugte, kam Karl hinter dem Holzstapel hervor und eilte die wenigen Meter bis zur Kurve, hinter der er vom Grenzposten aus nicht mehr zu sehen war. Er hörte, wie Gretel mit etwas lauterer Stimme als gewöhnlich versuchte, ein Gespräch in Gang zu bringen. Sie lachte auf. Es klang ein wenig gekünstelt.

Der Franzose arbeitet mit fast preußischer Genauigkeit. Er überprüft alle Schrauben und die Reifen. Sie hatten zu wenig Luft. Erneut ging er zu seinem Wagen und zauberte eine Luftpumpe hervor. Gretel war gerührt von seiner Hilfsbereitschaft, wurde aber immer ungeduldiger. Sie wollte Karl schleunigst von hier wegbringen. Eine gefühlte halbe Stunde später entsprach das Rad endlich seinen Vorstellungen. Sie bedankte sich überschwänglich und küsste ihn zweimal rechts und links auf die Wange.

Die restliche Strecke kamen sie ohne größere Probleme voran. Sie fuhren über Nebenstraßen und Feldwege und trafen kein weiteres Mal auf einen Besatzer. Da sie kaum Möglichkeiten hatten, sich zu waschen oder die Kleidung zu wechseln, sahen sie immer mehr wie Landstreicher aus. Es störte sie nicht. Sie waren zusammen und näherten sich jeden Tag ihrem Zuhause. Zuvor wollten sie jedoch einen Zwischenstopp bei Gretels Verwandten in Malterdingen einlegen, damit sich Karl erholen konnte. Als sie sich deren Haus näherten, fütterte ein Nachbar seine Hühner, die in einer großen Schar hinter ihm herliefen und die Körner aufpickten. Ein paar Schafe hatten sich auf einer kleinen Wiese zusammengefunden und schauten die Fremden an. Gretel klingelte. Nichts rührte sich. Nach dem dritten Läuten hörte sie Schritte. Ihre Tante, die Kittelschürze mit Mehl bedeckt, die Hände mit Teig verklebt, öffnete vorsichtig die Tür. „Zigeunern geben wir nichts!"

„Aber ich bin's doch, Gretel!"

„Gretel, was um aller Welt..."

Sie sprach nicht weiter, sondern nahm sie in die Arme und drückte sie fest an sich.

Epilog

Gretel und Karl kehrten wohlbehalten nach Vögisheim zurück. Die Bäuerin aus der Nähe von Kiel hatte Wort gehalten und ihm Uhr und Ehering zugeschickt.

Sie bekamen zwei Söhne, zogen ins benachbarte Müllheim in ihr kleines Eigenheim. Karl arbeitete als Prokurist in einer Freiburger Firma. Erst im hohen Alter sprach er wieder von seinen Erlebnissen am Ende des Krieges, von seiner Flucht und seiner Rückkehr nach Hause. Anfang 2003 starb seine geliebte Gretel, er folgte ihr etwa ein halbes Jahr später.

Idee zum Buch

Vor etwa 25 Jahren berichtete mein Onkel auf einer Geburtstagsfeier von seiner abenteuerlichen und lebensgefährlichen Flucht kurz vor und nach Ende des Zweiten Weltkriegs von Ostpreußen nach Süddeutschland. Die Geschichte ließ mich nicht mehr los. Sie war so spannend und außergewöhnlich, dass sie keinesfalls in Vergessenheit geraten sollte. Jahre später, nachdem der Onkel bereits verstorben war, entschloss ich mich, seine Erlebnisse in einem Roman festzuhalten.

Dank

Danken möchte ich Klaus, dem Sohn von Karl, der mir die Eckdaten des Berichtes seines Vaters, mitteilte. Mein Dank gilt auch Sibylle Zimmermann vom Institut für Kreatives Schreiben in Freiburg, die mich mit dem handwerklichen Rüstzeug versorgte, dem Tagebucharchiv in Emmendingen, dessen Dokumente in Form von Briefen, Tagebüchern und Erinnerungen von Soldaten des Zweiten Weltkriegs es mir ermöglichten, mir ein Bild von den damaligen Zuständen zu machen und meinem kleinen Stammtisch, der mich während der Entstehung meines ersten Romans begleitet und mir mit Kritik und Ratschlägen zur Seite gestanden hat. Dank auch an Tanja für die Bildgestaltung.

MIX

Papier | Fördert
gute Waldnutzung

FSC® C083411

Zeitfracht Medien GmbH
Ferdinand-Jühlke-Straße 7
99095 Erfurt, Deutschland
produktsicherheit@kolibri360.de